I0553503

www.ingramcontent.com/pod-product-compliance
Lightning Source LLC
Chambersburg PA
CBHW071525170626
46811CB00007B/2952

* 9 7 8 1 0 0 5 9 6 9 9 0 5 *

عملية الضوء الأخضر

إعداد وتحرير: رأفت علام

مكتبة المشرق الإلكترونية

— صدر في يناير ٢٠٢١ عن مكتبة المشرق الإلكترونية — مصر

Table of Contents

الفصل الأول

الخميس: ٢٧ من سبتمبر ١٩٧٣م، الأول من رمضان ١٣٩٣هـ

☆☆☆

شرد جندي الصاعقة (كمال عبد الحليم) ببصره وأفكاره، وهو يجلس على الضفة الغربية لقناة (السويس)، منهمكًا في تنظيف مدفعه الرشاش، كعادته كل صباح، ومتأملًا في حنق لم تمحه أو تخفّفه الأيام، ذلك الحصن الدفاعي الحصين، الذي يطلّ عليه من الضفة الشرقية، والمعروف باسم (خط بارليف)..

كانت نظراته تفيض بالكراهية والضيق، وهو يتمنى من أعماقه لو تجاهل الأوامر الصادرة إليه، وقفز في مياه القناة، ليسبح إلى الضفة الأخرى، ويواجه ذلك الحصن، ويحطمه..

وأغلق عينيه، وهو يتخيل نفسه واحدًا من أبطال الأساطير، يطير عبر القناة، ويمزق (خط بارليف) بيديه العاريتين، وارتسمت على شفتيه ابتسامة حالمة، لم تلبث أن تلاشت، عندما فتح عينيه مرة أخرى، وطالعه العلم الإسرائيلي، بنجمته السداسية الزرقاء، وهو يرفرف فوق الحصن في شماتة وتحدّ، والتقى حاجباه في مقت، فأشاح بوجهه عن العلم، وعاد يفرغ انفعالاته في تنظيف مدفعه، حتى سمع أحد زملائه يميل نحوه، هامسًا:

- هناك رتبة وصلت إلى المعسكر.

رفع عينيه في تكاسل، يتأمَّل السيارة (الجيب) المغطاة، التي عبرت بوابة المعسكر، واتجهت نحو مكتب القائد

مباشـرة، ثم هزّ كتفيه في سـخط ولا مبالاة، وعاد ينهمك في تنظيف مدفعه..
كان يعلم أن الجنود يتبادلون مصطلح (رتبة) هذا، عندما يتحدثون عن أي ضابط، أكبر من الرائد، إلا أنه لم يحاول حتى أن يسـأل نفسـه عن سـبب وجود ضـابط كبير في معسـكرهم، الذي نادرًا ما يحظى بمثل هذه الزيارة، بل اهتم بالتطلع إلى مدفعه الذي صـار يبرق كالفضـة، تحت أشـعة الشـمس، ونهض يحمله في عناية، وهو يتجه إلى خيمته، التي تضـمه مع خمسـة من زملائه، وهو ينفض الرمال عن زيه العسكري، الذي يمتزج صفاره بخضاره، شأن أزياء فرقة الصاعقة، التي ينتمي إليها، ولكنه لم يكد يبلغ الخيمة، حتى وجد شـاويش الفرقة يهرول نحوه، قائلًا:
- القائد يطلبك في مكتبه يا (كمال).
مطَّ شفتيه في ضيق وتكاسل، وسار في تراخ نحو مكتب قائد المعسـكر، وسـمح له جندي الحراسـة بالدخول على الفور، مما أشـعره بأن شـيئًا غير مألوف يحدث في المعسـكر، ولكنه ألقى هذه الفكرة خلفه، وهو يدلف إلى المكتب، ويرفع يده إلى رأسـه، وهو يدق كعبيه بالتحية العسكرية الرسمية، قائلًا:
- الجندي (كمال عبد الحليم) في خدمتك يا سيد...
توقفت العبارة في حلقه، الذي غص بها في عنف، مع اتسـاع عيني (كمال) عن آخرهما، وهما يكاد أن يقفزان من محجريهما، و(كمال) يحدِّق في الجالسـين داخل حجرة مكتب القائد.. كان هناك شـاب طويل القامة، عريض المنكبين، يحمل رتبة (نقيب)، ويرتدي الزي المميز لرجال الصاعقة، وآخر متوسط الطول، له شارب

كث عريض، يحمل رتبة ملازم أوَّل، وثالث نحيل ضئيل الجسم، إلى درجة مثيرة للانتباه، يحمل رتبة ملازم ثان..
ولم يكن أحد هؤلاء سبب انفعال (كمال)..
ولا حتى قائده المقدّم (يوسف حمَّاد)..
بل كان الرجل الخامس، هو سر كل ما أصابه..
كان رجلًا مألوفًا، رأى (كمال) وجهه أكثر من مرة في الصحف، يحمل رتبة لم يحلم أبدًا برؤيتها وجهًا لوجه، مما جعله ينفض عن نفسه دهشته بسرعة، ويؤدي التحية العسكرية في عنف، وكعباه يرتطمان ببعضهما البعض بدوي هائل، أمام الرجل الخامس...
وكان هذا الخامس هو الوزير..
وزير الحربية المصري بنفسه..
تأمل وزير الحربية بعينية الفاحصتين (كمال) في هدوء، وقال بذلك الصوت الحاسم، الذي يعتاده من في مثل منصبه:
- استرح يا (كمال).
كان هذا الأمر مناسبًا للموقف تماما، فقد كادت عضلات (كمال) تتمزق، من شدة التوتر والانقباض، في وقفته العسكرية المشدودة، وأرخاها جندي الصاعقة بعض الشيء، والوزير يتابع في اهتمام:
- أنت إذن (كمال عبد الحليم).. تقاريرك تقول: إنك شجاع ومقاتل شرس، لا يعرف الخوف طريقه إلى قلبه، ولا يهاب الموت.. وهذا أيضًا ما قاله عنك رؤساؤك يا (كمال)، بالإضافة إلى أنك شاركت في عدد من العمليات الناجحة، في حرب الاستنزاف، وعبرت إلى الشرق أكثر من مرة، وكنت عضوًا فعالًا، في عملية تدمير مخزن الذخيرة الرئيسي للإسرائيليين، في الشهر الماضي.

تساءل (كمال) في دهشة عن السبب، الذي يدعو وزير الحربية بنفسه إلى الحضور للمعسكر، وقول هذا، وتصوَّر لحظة أنهم سيمنحونه وسامًا، أو ترقية استثنائية، إلا أن كل هذا لم يكن مبررًا كافيًا، لذا فقد أبعد هذا عن تفكيره، واكتفى بالإصغاء إلى الوزير، الذي قدَّمه له الشاب العريض المنكبين، وهو يتابع:

- هذا هو قائدك الجديد يا (كمال).. النقيب (عماد سلام)... ستطيعه حتى الموت.. هل تفهم؟

أومأ (كمال) برأسه إيجابًا، دون أن ينبس ببنت شـفة، والحيرة تتعاظم في أعماله أكثر وأكثر، في حين واصـل الوزير، وهو يشير إلى صاحب الشارب الكث:

- وهذا الملازم أول (مأمون حشاد)، صاحب أشهر عملية انتحارية، في أثناء محاولة العدو الفاشلة، لاحتلال جزيرة (شوان).

- ثم وضـع يده على كتف الشـاب النحيل الضـئيل، واستطرد في لهجة تحمل شيئًا من حنان الأبوة، أكثر مما تحمل من الحزم:

- وهذا الملازم ثان (ثابت الحلوجي).. أكثر من يصـلـح للمهمة.

زوى (كمال) ما بين عينيه، وهو يتسـاءل في حيرة عن طبيعة تلك المهمة، التي أشار إليها الوزير، ولكن ذهنه لم يتصوَّر أكثر من كونها عملية جديدة، من عمليات حرب الاستنزاف؛ و لذا فقد أدهشه تمامًا قول الوزير الحازم:

- أمامك عشـر دقائق فحسـب، للاسـتعداد التام وحزم أمتعتك الضرورية (كمال)، فسترحل على الفور.

ضـرب (كمال) كعبيه ببعضـهما البعض في قوة، ورفع يده بتحية عسكرية شديدة، وقال بصوت جهورى، حاول أن يجعله جديرًا بالوزير نفسه:

- في خدمتك يا سيادة الوزير.

ودار على عقبيه دورة مثالية، وعاد إلى خيمته، وراح يحزم أمتعته، وقد امتلكته حاسة المحترف، فأطبق شفتيه، ولم يجب سـؤال أقرب أصـدقائه، عما حدث في مكتب القائد.

وكانت هذه طبيعته..

☆ ☆ ☆

تجاوزت سيارة الوزير حدود محافظة (السويس)، دون موكب رسـمي أو حراسـة متميزة، وتجاهلت الطريق الأسـفلتي الممهد، لتشـق طريقها عبر رمال الصحراء، ولكن الرجال الأربعة، الذين اعتادوا تلك الأمور، التي تبدو لغيرهم غير مألوفة، ظلوا صامتين، يراقب بعضهم البعض في حذر، ويحاول كل منهم أن يستشـف ما يدور في عقول الآخرين، حتى قطعت السيارة شـوطًا طويلًا في قلب الصـحراء، بحيث لم يعد أحدهم يرى سـوى الرمال الصفراء الساخنة، تحيط بالسيارة من كل جانب، فهمس الملازم (ثابت):

- من المؤكد أنهـا واحدة من أخطر عمليـات حرب الاسـتنزاف؛ فليس من السـهل أن يباشـر وزير الحربية بنفسه مهمة خاصة.

وافقه الجميع بـإيمـاءة من رؤوسـهم، وهمس النقيب (عماد):

- لو أردتم رأيي، فالحرب على الأبواب.

ظهر الشك على وجوههم، وقال الملازم أوَّل (مأمون):
- لن أشغل عقلي بالتفكير في هذا الأمر، ولكنني لا أشك لحظة.. واحدة، في أننا بصدد أخطر مهمة انتحارية في حياتنا كلها.
شعر (كمال) ببعض الضيق، وهو يشيح بوجهه عنهم، فتقارب الرتب بين الضباط الثلاثة كان يسمح لهم بتبادل الحديث في بساطة، أما هو فمجرَّد جندي، عليه أن يطبق شفتيه، ويلزم الصمت، ويحمد الله (سبحانه وتعالى) على وجود ذلك الحاجز الزجاجي السميك، الذي يفصلهم عن المقعدين الأمامين للسيارة، حيث يجلس الوزير وسائقه، ولكن الدهشة لم تلبث أن وجدت طريقها إلى نفسه، عندما وضع الملازم (ثابت) يده على كتفه، وسأله في بساطة:
- ما رأيك أنت يا (كمال)؟
التفت إليه (كمال) في دهشة، ووجد ثلاثتهم يتطلَّعون إليه في اهتمام، وكأنهم نسوا أو تناسوا الرتب تمامًا، وأصبح رأيه يهمهم كثيرًا، فشعر ببعض الحرج، وتنحنح مغمغمًا في ارتباك:
- إنني أتمنى يا سيدي لو أن سيادة النقيب (عماد) على حق.
شرد الأربعة بأفكارهم، بعد عبارة (كمال)، وغمغم (مأمون)، وهو يتنهَّد في عمق:
- الحرب.. يا له من أمل!
كاد الحديث يمتد ويتشعب بينهم، لولا أن توقفت السيارة فجأة، وسمعوا وزير الحربية يقول بلهجة آمرة:
- هيا يا رجال.. لقد وصلنا.
قفزوا من السيارة، واصطفوا تبعًا لرتبهم، وعقد وزير الحربية كفيه خلف ظهره وهو يسير أمامهم في بطء،

ويتأملهم في إمعان، ثم أشار إلى مبنى قريب من طابقين، يكاد يختفي بلونه الأصفر وسط رمال الصحراء، وقال:

- هنا ستتلقون الدرس الأول.

ثم أدار ظهره لهم، وسار نحو المبنى، فتبعوه في صمت، وكل منهم يسأل نفسه في حيرة.

اى درس هذا؟

ولم يتأخر الجواب..

☆☆☆

كانت القاعة التي انتقلوا إليها داخل المبنى، صغيرة، تشبه الفصول الدراسية البسيطة، وجلس الرجال الأربعة على مقاعد عادية، في مواجهة منضدة طويلة، جلس خلفها الوزير، إلى جوار رجل صارم الملامح، يحمل على كتفيه رتبة لواء، قدمه الوزير إليهم، قائلًا:

- اللواء (عزيز قدري).. قائد العمليات الخاصة.

همهموا بكلمات غير مفهومة، والتقى حاجبا اللواء (عزيز) في صرامة، وكأنما لا يروق له هذا الأسلوب، الذي يتجاوز التقاليد العسكرية، في حين تابع الوزير :

- من المؤكَّد أنكم تشعرون بدهشة حقيقية، لأنني أباشر هذه المهمة بنفسي، ولكن الواقع أنها مهمة بالغة الحساسية والخطورة، ولقد أمر الرئيس (ثابت أنور السادات) بضرورة إحاطتها بأكبر قدر ممكن من السرية، إذ أن نجاحها وفشلها قد يتوقف عليهما نجاح وفشل الحرب القادمة.

كانت أوَّل إشارة من الوزير للحرب القادمة، فخفقت قلوب الرجال الأربعة، وانتبهت حواسهم كلها في لهفة وحماس، والوزير يستطرد:

- لهذا تم اختياركم بدقة بالغة، وبناء على عدد من الشروط والمواصفات، أهمها خبراتكم في العمل على أرض (سيناء)، وإجادتكم العبرية، وملامحكم التي تجمع ما بين الملامح الشرقية، مع لمحة غربية، تجعلكم أشبه باليهود الشرقيين.

لم ينبس أحدهم ببنت شفة، وهم يستمعون في انتباه تام، فاعتدل الوزير، وأشار إلى اللواء (عزيز)، مستطردًا:

- قائد العمليات الخاصة سيشرح لكم الأمر بالتفصيل.

اعتدل اللواء (عزيز) في مجلسه، والتقط نفسًا عميقًا، زاد ملامحه حدة وصرامة، وهو يشير بيده إشارة مبهمة، انطفأت إثرها أضواء القاعة، وتألق ضوء في مؤخرتها، لتسقط صورة ضوئية على شاشة بيضاء، نهض اللواء (عزيز) يشير إليها، قائلًا:

- هذا الذي ترونه أمامكم هو الحصن الإسرائيلي، المقام على الضفة الشرقية لقناة (السويس)، والمعروف باسم (خط بارليف)، وهو - بحسب ادعاء الإسرائيليين - تم صنعه بطريقة تؤهله لتحمّل هجوم بالقنابل الذرية، ولكن الحقيقة أنهم غير واثقين من مناعته هذه، بدليل أنهم يستخدمون محطة الإنذار (عاين).

تبدَّلت الصورة، لتظهر صورة أخرى لبرج معدني ضخم، يعلوه رادار كبير، وعند قاعدته مبنيان، وعلى جانبية مصطبتان، تقف فوق كل منهما دبَّابة، وكل دبَّابة تصوِّب مدفعها إلى عكس اتجاه مدفع الدبَّابة الأخرى، وهناك مبنى آخر مستقل، ويحيط بالمنطقة كلها سور ضخم من الأسلاك الشائكة، له مدخل واحد، يقف على حراسته جنديان مسلحان..

وبكل جديته وصرامته، قال اللواء (عزيز):

- هذه هي المحطة (عاين)، وهي أحدث إنتاج للتكنولوجيا الأمريكية، ويطلقون عليها اسم محطات الإنذار المبكر، ولا يوجد منها حاليًا سوى هذه النسخة، التي يختبرها الأمريكيون - حسبما يبدو - في الجيش الإسرائيلي، وهذه المحطة يمكنها رصد تحركات جيشنا أو طائراتنا، منذ خروجها من مطاراتها، وإرسال إنذار خاص إلى وسائل المقاومة والدفاع، للتصدي لأي هجوم منا.. مما يجعلها حجر عثرة، في طريق قيامنا بأي هجوم مفاجئ.. أو بمعنى أدق.. هي أحد موانع قيام الحرب الشاملة.

بدا الحنق في وجه وعيون الرجال الأربعة، وهم يتطلعون إلى صورة المحطة، واللواء (عزيز) يتابع:

- وما ترونه في الصورة ليس المحطة نفسها، فالمعدات الفعلية تختفي هناك، تحت الأرض، على عمق لا يعلمه أحد منا، وهذه المعدات هي الخطر الفعلي.. إنها عين الصقر، بالنسبة للقيادة الإسرائيلية.

ثم اعتدل، وأدار عينيه إليهم، مستطردًا في حزم:

- ومهمتكم يا رجال هي الوصول إلى قلب المحطة، وتدميرها.

خفقت قلوبهم مرة أخرى في عنف، وتردَّد سؤال في أعماقهم، منعوه في صعوبة من القفز إلى شفاههم، في حين أضاف قائد العمليات الخاصة، في لهجة بدت وكأنها اعتذار:

- والمشكلة لا تكمن في تدمير المحطة فحسب، وإنما في الموعد المحدود للقيام بالعملية.. فلابد من نسف المحطة في وضح النهار.. وبالتحديد في الواحدة ظهرًا، من يوم السبت، السادس من أكتوبر.

انطلق من بين شـفتي الملازم (ثابت) صـفير طويل، ثم انتبه فجأة إلى أن هذا يخالف القواعد العسـكرية تمامًا، فتضرَّج وجهه خجلًا، وارتبك في شدة، وهو يضم شفتيه في قوة، إلا أن قائد العمليات تجاهل الأمر تمامًا، وقال:

- الأمر يبدو الآن مستحيلًا، ولكن خبراؤنا درسوه جيدًا، وتوصلوا إلى خطة، تجعل الأمر ممكنًا، إلى حد ما.

وهنا تدخل وزير الحربية، وقال:

- هذا لا يعني أنها مهمة بسيطة.. بل أصارحكم القول أن هذه العملية، هي أخطر عملية تقومون بها، في حياتكم كلها، والخبراء يقولون أن نسـبة نجاحكم لا تتجاوز الخمسـة في المائة، ولكن هذا النجاح قد يعني النصر لنا، في معركتنا الحاسـمة.. من منكم يرغب في التراجع، فليصرح الآن.

أجاب النقيب (عماد) في حسم:

- لا أحد.

وافقه البـاقون بـإيمـاءة من رؤوسـهم، والحزم يملأ ملامحهم، فتبادل الوزير نظرة ارتياح مع قائد العمليات الخاصـة، ثم عاد يواجه الرجال الأربعة، قائلًا بابتسامة واثقة:

- بالمناسـبة يا رجال.. سـتحمل هذه العملية اسمًا كوديًا خاصًا.. اسم (عملية الضوء الأخضر).

وخفقت القلوب مرة أخرى.

الفصل الثاني

الإثنين: الأول من أكتوبر لعام ١٩٧٣م، الخامس من رمضان ١٣٩٣هـ الثانية عشرة والنصف ظهرًا.

☆☆☆

انعكست أشعة الشمس على رمال الصحراء، فزادت من حرارة الجو، في ذلك الوقت من اليوم، وازداد جفاف شفاه الرجال الأربعة، وهم ينطلقون في سيارة عسكرية من طراز (جيب)، تحمل على جانبها نجمة سداسية إسرائيلية، وكل منهم يرتدي ذلك الزي الزيتوني اللون، المميز للجيش الصهيوني، والصمت يجمع بينهم، بسبب الشفاه الجافة الملتصقة، والأجواف الملتهبة من شدة الحر والعطش. وذلك التوتر الذي يختفي في أعماقهم، ولا ينعكس على ملامحهم وتصرفاتهم..

وتعلّقت أبصار الرجال الأربعة بالمبني ذي البرج المرتفع، وبالرادار الذي يتحرَّك فوقه بإيقاع منتظم، وهم يقتربون منه بسرعة، قبل أن يوقف صاحب الشارب الكث السيارة، أمام ثلاثة جنود يحملون المدافع الرشاشة، ويرتدون الزي المميز للشرطة العسكرية الإسرائيلية، ثم يقدّم إليهم بطاقة صغيرة، داخل غلاف من البلاستيك، وهو يقول في عبرية سليمة:

- الرائد (عزرا جابوفتش)، من إدارة التفتيش المركزية.

ثم تناول الجندي ورقة تشبه الأوراق الرسمية، فحصها الجندي في عناية، وهو ينقل بصره بين الصورة الواضحة، في البطاقة العسكرية، ووجه قائد السيارة، قبل أن يسأله في صرامة، على الرغم من فارق الرتب الواضح:

- كلمة السر.
أجابه ذو الشارب الكث:
- شالوم.
وهنا خفض الجندي موقعه الآلي، وأدى التحية العسكرية، وهو يقول في احترام:
- في خدمتك أيها الرائد (عزرا جابوفتش).
هبط صاحب الشارب الكث من السيارة في هدوء، وتبعه الرجال الثلاثة، بعد أن عبرت السيارة أبواب المعسكر، وامتدت أيديهم إلى أسلحتهم، ولكنها تسمرت في الهواء، عندما ارتفع صوت صارم يقول:
- خطأ.
اعتدل الرجال الأربعة في وقفة عسكرية ثابت، وكذلك فعل جنود الحراسة الثلاثة، في حين تقدّم من الجميع رجل يحمل رتبة لواء، وهو يقول في حدة:
- من الممكن أن يكلفكم هذا حياتكم، ويتسبب في فشل الخطة كلها.
لم يكن هذا الرجل سوى اللواء (عزيز قدري)، قائد العمليات الخاصة، والذي يشرف بنفسه على التدريبات، التي تتم في الصحراء الغربية المصرية، عند نموذج خاص، يشبه تمامًا الجزء الخارجي من المحطة الإسرائيلية (عاين)، ولقد سأله (مأمون حشاد) صاحب الشارب الكث:
- فيم أخطأنا هذه المرة يا سيّدي؟
أجابه اللواء (عزيز) في صرامة:
- لقد هبط الرجال دون حمل أسلحتهم، كما أنك تقود السيارة بنفسك، وهذا لا يتفق مع تصرفات الإسرائيليين.. وخطأ كهذا يكفي لكشف أمركم جميعًا.. لابد لكم من

نسيان مصـريتكم، والتعامل كما يفعل هؤلاء الصـهاينة تمامًا.. إنكم تتدربون في منطقة تشبة مسرح العملية تمامًا.. حتى في الكثبان الرملية المحيطـة بها، وكلكم تتحدثون العبرية بطلاقة، ولكن هذه الأمور الصـغيرة تصنع فارقًا ضخمًا.. المفروض أن يجلس (مأمون) في المقعد الأمامي، بصـفـته الأكبر رتبة، ويقود (كمـال) السـيارة، ويجلس (عماد) و(ثابت) في المقعد الخلفي، وعند وصولكم إلى المحطة يبرز (كمال) أوراق (مأمون) للجندي، وعند الهبوط من السيارة يهبط الجنود أولًا، وهم يحملون أسـلحتهم، ثم يهبط الضـابط في النهاية.. هل فهمتم؟

أجابه (عماد):

- تمامًا يا سيّدي.. اطمئن.

رفع (ثابت) يده، معلنًا رغبته في الحديث، فأشار إليه قائد العمليات، قائلًا:

- ماذا لديك؟

سأله (ثابت):

عفوًا يا سـيّدي، ولكن سـاعة الصـفر توافق أحد أيام السـبت، كما أنها في الوقت نفسـه عيد الغفران (كيبور) بـالنسـبـة اليهود، فهـل من الطبيعي أن تخرج دوريـة إسـرائيلية للقيام بتفتيش روتيني، في ذلك اليوم، على الرغم من أن الـديانـة اليهوديـة لا تحبـذ العمـل في يوم السبت؟

مطَّ اللواء (عزيز) شفتيه، وقال:

- ملاحظة ذكية يا (ثابت).. صحيح أن اليهود لا يشعرون بالارتياح، عندما يعملون في أيام السـبت، ولكن القيادة

العسكرية لديهم تستثني الإجراءات العسكرية من هذا، فهي أخطر من أن تؤجَّل.

ثم شدّ قامته، وقال في حزم قيادي:

- والآن هيا يا رجال.. ستجري تجربة أخرى للعملية منذ البداية.. وأرجو ألا تكون هناك أخطاء هذه المرة، فساعة الصفر تقترب.. تقترب في سرعة..

☆ ☆ ☆

مرة أخرى شعر (كمال) بالقلق والدهشة، عندما حان موعد النوم، ووجد نفسه يشارك الضباط الثلاثة حجرة نوم واحدة..

أشياء كثيرة تغيَّرت، منذ انتقل إلى هنا..

أشياء لم يتصوَّر حدوثها أبدًا في حياته..

إنه يحيا مع الضباط الثلاثة في ألفة وبساطة، وروح المودة تسود بينهم، مع سقوط قيود فارق الرتب، وكأن الجميع يشعرون في قرارة أنفسهم أنهم في طريقهم لأداء مهمة بالغة الخطورة، قد تكون فيها نهايتهم، فلا داعي لإفساد لحظاتهم الأخيرة بقواعد روتينية وقوانين جامدة..

كان النقيب (عماد) رصينًا هادئًا، يبدو وكأنه دائم الانشغال والتفكير، ولا يبتسم إلا نادرًا، وللحظات قصيرة، أما الملازم أوَّل (مأمون)، فهو مرح بطبعه، كثير السخرية، وبالذات عندما تزداد المتاعب والمخاطر، والملازم (ثابت) بسيط للغاية، ويعدّ نموذجًا مثاليًا لتسعين في المائة من المصريين.. يتحرَّك، ويتحدَّث، ويأكل، ويشرب في تلقائية وبساطة، ويجيد الدعابة وإلقاء الفكاهات، حتى في أحلك اللحظات والمواقف.

ابتسم (كمال)، عندما وصل بتفكيره إلى هذه النقطة، وتنهَّد وهو يقول في بساطة أدهشته شخصيًا:

- أظن (عماد) محقًا.. الحرب ولا ريب على الأبواب.
سأله (مأمون) في بساطة، وهو يشعل سيجارته:
- لماذا تقول هذا؟
اعتدل وهو يحرّك كفيه حركات غير ذات معنى، قائلًا:
- ما داموا يولون تحطيم محطة الإنذار المبكِّر كل هذه الأهمية، ويصرون على ضربها في موعد محدود، فلا شك أن قواتنا تعدّ العدة لضرب (خط بارليف)، أو مهاجمته بشكل أو بآخر.. ولابد في هذه الحالة من نسف المحطة في الموعد المطلوب.
قال (عماد)، وهو يومئ بسبَّابته:
- هذا صحيح، واهتمام وزير الحربية بالأمر، بناء على أوامر الرئيس (السادات)، يؤكد قولك هذا.. بل يمكنني الجزم بأن الحرب الشاملة ستبدأ بعد ساعة واحدة على الأكثر، من نسف المحطة.
سيطر الوجوم على جو الغرفة، مع ذلك الصوت الثقيل، الذي ران عليها، حتى قطعه (ثابت) بهدوء مدهش:
- فلنأمل هذا.. إننا نقاتل في حرب الاستنزاف منذ أربع سنوات، دون أن تلوح رياح الحرب.
غمغم (مأمون):
- لا تتعجل يا رجل.. لكل شيء أوانه.
عاد الصمت يلفهما بغلافه، حتى قال (ثابت):
- ماذا كنت تعمل، قبل التحاقك بالجيش يا (كمال)؟
أجاب (كمال) في اختصار:
- مهندس زراعي.
هتف (ثابت) :
- حقًا.. يا لها من مفاجأة!.. وماذا عنك يا سيادة النقيب.
تنهد (عماد)، وقال:

- هذه مهنتي؛ فأنا ضـابط محترف، تخرَّجت في الكلية الحربية.

وقال (مأمون) في سرعة:

- هذا ينطبق علي أيضًا.

واعتدل (عماد) يسأل (ثابت):

- وماذا عنك أنت؟

ابتسم (ثابت)، وقال في هدوء:

- كنت راقصًا.

حدَّق الجميع في وجهه بدهشة، وقال (مأمون):

- كنت ماذا؟!

أجابه (ثابت) في بساطة:

- كنت راقص باليه، وكثيرًا ما مارسـت عملي، على خشبة الأوبرا، و...

قاطعه (كمال)، وهو يهتف في استنكار:

- راقص باليه؟!

ثم شعر بخطأ هذا عسكريًا، فتراجع في ارتباك:

- معذرة يا سيادة الملازم، ولكن..

قاطعه (ثابت) بابتسامة هادئة:

- لا عليك.. لسـت أخجل من مهنتي، فأنا أحبها، وكنت أتمنى مزاولتها الآن، لولا التحاقي بالجيش كضابط احتياط، عقب حرب يونيو، عام ألف وتسـعمائة وسبعة وستين.

شـعر (كمال) ببعض السخرية والاستهجان في أعماقه، وتسـاءل عن السـبب، الذي يدعو الجيش إلى الاسـتعانة براقص باليه، في مهمة انتحارية كهذه، ولكنه لم يلبث أن هزَّ كتفيه، وكأنما الأمر لا يعنيه، ورأى (عماد) يسـتلقى على فراشه، ويقول وكأنه يحاول الابتعاد عن الموضوع:

ـ ما رأيكم يا رفاق.. هل أجدنا تنفيذ المهمة التدريبية هذه المرة؟

تثاءب (كمال) عمدًا، وقال متناومًا:

ـ بالطبع.. لم تكن هناك أخطاء في المرة الأخيرة، ولكن المهم هو التنفيذ الفعلي.

مدّ (مأمون) يده، وأطفأ المصباح الذي يعلو فراشه، وهو يتثائب بدوره، قائلًا:

ـ نعم المهم هو التنفيذ الفعلي.

سأل (كمال)، وهو يعدل الوسادة تحت رأسه:

ـ أهناك تجارب أخرى غدًا؟

ولكنه لم يتلق جوابًا، فهز كتفيه كعادته، وهمس لنفسه في سخرية:

ـ راقص باليه؟..!

ثم لم يلبث أن لحق برفاقه، وغاص الجميع في سـبات طويل..

أو عميق..

☆☆☆

الفصل الثالث

الأربعاء: الثالث من أكتوبر لعام ١٩٧٣م، السابع من رمضان ١٣٩٣هـ، الحادية عشرة والنصف قبل منتصف الليل.

☆☆☆

ارتفع صوت الهليوكوبتر الحربية المصرية، وهي تشق طريقها في الظلام، عبر قناة السويس، إلى الضفة الشرقية، حتى أن الملازم (مأمون) تساءل في توتر، وهو يقبض على مدفعه في قوة، كيف لا يشعر الإسرائيليون بالهليوكوبتر، وهي تخترق حاجزهم الدفاعي على هذا النحو؟.. إلا أنه لم يلبث أن تذكر أن المصريين يدرسون دائمًا خطوط الطيران السرية، وينتقونها في عناية، مع أنسب الأوقات لعبور القناة، بأقل قدر من الخطر..

كان يشعر في أعماقه بتوتر شديد، على الرغم من أنها ليست المرة الأولى التي يعبر فيها القناة إلى أرض (سيناء) في مهمة انتحارية..

وفي سرعة، راح عقله يسترجع آخر حديث لهم، مع اللواء (عزيز قدري)..

كانت المرة الأولى، التي يتخلى فيها الرجل عن صرامته، ويتحدث إليهم بحنان واضح، وهو يراجع معهم الخطة، وينصحهم بضرورة توخي الحذر، منذ لحظة هبوطهم في الأرض المصرية المحتلة، في منتصف ليل الثالث من أكتوبر، وحتى يمكنهم بلوغ هدفهم (بإذن الله)، ظهر السادس من أكتوبر..

وبعدها حضر وزير الحربية، وصافحهم يدًا بيد، ونقل إليهم تحية الرئيس (أنور السادات)، وتمنى لهم النجاح، مؤكدًا مرة أخرى أهمية العملية وخطورتها..

ثم صعد الجميع إلى (الهليوكوبتر).

وبدأت المهمة..

سرت في جسده قشعريرة باردة، عندما بلغ هذه النقطة من تفكيره، ورفع رأسه يراقب وجوه زملائه..

كانت وجوههم جامدة، لا تشف عن التوتر الشديد في أعماقهم، وهم يعلمون أنهم قد عبروا الحدود الآمنة بالفعل، وأصبحوا ينتظرون الموت في كل لحظة، داخل الأرض المحتلة، وكلهم يحبسون أنفاسهم، مع انطلاق الهليوكوبتر في خط متعرّج، تمت دراسته مسبقًا، مستترة دومًا بالتباب الرملية، والكثبان المرتفعة، ومبتعدة بقدر الإمكان عن نقاط الحراسة والرادار، متجهة نحو هدفها.

وحاول (مأمون) إزالة بعض هذا التوتر، فغمغم مبتسمًا:

- يبدو أننا سنواجه أخيرًا عملية حقيقية يارفاق.

حجب هدير الهليوكوبتر الجزء الأكبر من عبارته، وتلاشى الباقي وسط التوتر، الذي يخيم على الجميع، حتى خُيل إليه أن أحدًا لم يسمعه، لولا أن قال (عماد)، بعد فترة طويلة من الصمت:

- نعم يا (مأمون).. سنواجه هذه المرة عملية حقيقية.. الثمن الوحيد للخطأ فيها هو الموت.

ران الصمت مرة أخرى على المكان، إلا من صوت محركات الهليوكوبتر، دون أن يعلّق أحدهم على العبارة، ثم قطع (عماد) هذا الصمت، وهو يقول:

- إننا نقترب من نقطة الهبوط يا رفاق.. تذكروا منذ هذه اللحظة أنكم ترتدون الثياب العسكرية الإسرائيلية،

وتحملون أسلحة تماثل تلك التي يحملها الإسرائيليون، وعليكم منذ لحظة الهبوط أن تنسوا تمامًا لغتكم العربية، فالحديث سيكون طوال الوقت بالعبرية.. المفروض طبقًا للخطة أن نهبط في منتصف الليل تمامًا، وبعد ساعة من الهبوط، وفي تمام الواحدة، سيصل (حَمَد)، وهو واحد من بدو (سيناء)، يعمل لحساب المخابرات المصرية مع ابنته، وسيحضر لنا سيارة (جيب) عسكرية إسرائيلية، وبعض الأوراق اللازمة، لدخول محطة الإنذار المبكر.

قال (مأمون)، والقلق يملأ نفسه:

- كل هذا نحفظه عن ظهر قلب، ولكن الشيء الذي يقلقني حقيقة، هو أننا سنهبط في (سيناء)، مع اللحظات الأولى لليوم الرابع من أكتوبر، في حين المفروض أن ننفذ الخطة في ظهر السادس من أكتوبر، ويومان فترة طويلة في مواجهة الخطر، واحتمالات الخطأ فيهما كبيرة، مما قد يتسبَّب في فشل المهمة كلها.

تنهَّد (عماد)، وقال:

- هذا صحيح، ولكنهم رأوا ضرورة وجودنا الآن، حتى يمكننا التآلف مع المكان، وحتى لا تضيع فرصة عبور حرجة كهذه، فالغيوم تخفى القمر الليلة، وتحجب ضوءه، ثم إن..

قاطعه فجأة أزيز متصل تزامن مع سطوع مصباح أحمر فوق رأسه، فاعتدل في مجلسه، وقال في انفعال:

- سنؤجل مناقشة هذه النقطة لما بعد، فقد حانت لحظة الهبوط.

نهض كل منهم، وثبت حقيبته فوق ظهره، وحمل مدفعه الآلي، وراجع حزام خوذته، وقال (عماد):

ـ ستهبط الهليوكوبتر إلى ارتفاع ثلاثة أمتار ونصف المتر، وسنقفز منها بترتيب الرتب.. الرتبة الأعلى أولًا.. فتح باب الهليوكوبتر الخلفي، وألقى نظرة على الظلام الممتد إلى ما لا نهاية، وملأ صدره بنفس عميق، ثم قرأ الشهادتين في أعماقه، و...

وقفز..

وارتعد جسد (مأمون) لجزء من الثانية، عندما شاهد (عماد) يقفز من الهليوكوبتر، ثم لم يلبث أن شد قامته، وقفز بدوره.. كان الهواء باردًا كالثلج، وهو يرتطم بوجهه، وخيل إليه أنه يهبط في بئر بلا قرار، ثم لم يلبث أن تبين الرمال الداكنة، على بصيص من ضوء القمر، فضم ركبتيه إلى صدره، واحتضن سلاحه في قوة، وغاص برأسه بين كتفيه، كما تعلّم في تدريبات الصاعقة، ولم تكد قدماه تلمسان الأرض، حتى تكور على نفسه، وترك جسده يتدحرج على الرمال، ثم هب واقفًا على قدميه..

وانتفض جسده كله في قوة..

كان يشاهد (ثابت)، الذي يستعد للقفز بدوره، وخلفه (كمال)..

ولكن ليس هذا سبب تلك الانتفاضة..

إنما كان سببها يأتي من خلف تبة قريبة، على هيئة هليوكوبتر..

هليوكوبتر إسرائيلية، ظهرت فجأة، لتعترض طريق الهليوكوبتر المصرية..

وطريق العملية كلها..

☆☆☆

كانت مفاجأة مزدوجة..

لقد فوجئ قائد الهليوكوبتر المصرية ورجال الصاعقة الأربعة بالهليوكوبتر الإسرائيلية، في نفس الوقت الذي بوغت فيها الطيار الإسرائيلي بهم.

وفي مبادرة سريعة، ضغط الطيار المصرى زر إطلاق مدفعي طائرته، وهو يهتف بـ(ثابت) و(كمال):

- اقفزا.. هيا.. بسرعة..

انطلقت رصاصات مدفعية نحو الهليوكوبتر الإسرائيلية، التي ارتفعت بسرعة، لتفادي الطلقات، ثم دارت حول نفسها، في محاولة للهجوم على قرينتها المصرية، في نفس اللحظة التي قفز فيها (ثابت) من الهليوكوبتر.

وشاهد (كمال) الهليوكوبتر، والطيَّار المصري يصيح به:

- اقفز يا رجل.. اقفز قبل فوات الأوان..

ولكن (كمال) رفع مدفعة، وأطلق رصاصاته نحو الهليوكوبتر الإسرائيلية، في نفس اللحظة التي انطلقت فيها رصاصات مدفعيها نحو الهليوكوبتر المصرية..

وصرخ الطيار مرة أخرى:

- اقفز يا رجل.. لن تفسد المهمة بعنادك.

ثم مال بالهليوكوبتر بغتة، ففقد (كمال) توازنه، ووجد نفسه يهوى من الهليوكوبتر نحو الرمال، فكوَّر جسده في سرعة، ليتفادى صدمة الهبوط، في حين دار الطيَّار المصري بطائرته دورة طويلة، والإسرائيلي يطارده في إصرار، ويطلق نحوه رصاصات مدفعية في سخاء.

وانطلق (عماد) و(مأمون) يعدوان نحو الهليوكوبتر الإسرائيلة، ويطلقان عليها نيران مدفعيهما، فشعر قائدها

أنه يواجه هجوما يفوق قدراته، مما دفعه إلى الإستدارة، والانطلاق مبتعدًا، فهتف (كمال):

- لقد هرب.

ولكن الهليوكوبتر المصرية انطلقت خلف الإسرائيلية، فاستطرد في حيرة:

- ولكن.. لماذا يطارده؟.. إنه مصاب، والدخان يتصاعد من خزان وقوده.

قال (ثابت)، وقد أدرك مغزى ما يحدث أمامه:

- طيارنا يخشى أن يفرّ الإسرائيلي، ويبلغ رؤساءه بما رآه؛ لذا فهو يطارده لإسقاطه.

وكان على حق في هذا..

لقد طارد الطيار المصري نظيره الإسرائيلي في إصرار، خشية إفساد الخطة، ولكنه فشل في إطلاق نيران مدفعية نحوه، بسبب عطب أصاب خط الذخيرة، فعضّ شفتيه في غيظ، وهتف محنقًا:

- ذلك الوغد سيفسد كل شيء.

لم يكن يدرك طبيعة المهمة بالتحديد، ولكنه يعلم أنها بالغة الأهمية والخطورة، وليس من الهين المخاطرة بفشلها؛ لذا فقد عقد حاجبيه في صرامة، وقال:

- فليكن.. لن نتنازل عن النصر هذه المرة.

وزاد من سرعة الهليوكوبتر، على نحو جعل (مأمون) يهتف في دهشة.

- ماذا يفعل بالضبط؟

ارتجف قلب (عماد) في صدره، وهو يقول:

- أخشى أن..

لم يستطع إكمال عبارته، وهو يراقب تلك المناورة بقلق.. وصح ما توقعه تمامًا..

لقد انقضّ الطيَّار المصرى على الهليوكوبتر الإسرائيلية في اصرار مخيف، وبسـرعة بالغة الخطورة، حتى أن قائدها الإسرائيلي هتف في ذعر:

ـ ما هذا؟.. إنه مجنون!

وارتطمت الهليوكوبتر المصرية بالإسرائيلية، في سماء (سيناء)..

ودوى الانفجار.

☆ ☆ ☆

الفصل الرابع

الخميس: الرابع من أكتوبر لعام ١٩٧٣م، الثامن من رمضان ١٣٩٣هـ، الواحدة بعد منتصف الليل.

☆☆☆

غرق الرجال الأربعة في صمت ثقيل مهيب، وهم يجلسون على رمال (سيناء)، يمتزج التوتر في أعماقهم بالكثير من الحزن والأسى والمرارة، دون أن يجرؤ أحدهم على شرح مشاعره وانفعالاته للآخرين.

كان مشهد انفجار الهليوكوبتر عالقًا في أذهانهم، يعتصر قلوبهم، ويمزّق صدورهم في قسوة..

ثم حطم (عماد) حاجز الصمت في حزم، وهو ينظر إلى ساعته، قائلًا:

ـ لم يصل (حَمَد) في موعده.

قال (مأمون):

ـ إنها الواحدة تمامًا، وربما يأتي في أية لحظة الآن.

لم يكد يتم عبارته، حتى تألقت أضواء مصباحي سيارة، تقترب من موقعهم في سرعة، فاعتدل الأربعة، وقال (كمال):

ـ ها هو ذا.

ولكن (عماد) عقد حاجبيه، وقال في توتر:

ـ مهلًا.. إنه ينطلق بسرعة أكبر من المعتاد، ثم أنه يستخدم الضوء المرتفع، على عكس المتفق عليه.

غمغم (كمال) في توتر:

ـ وما الذي يعنيه هذا؟

أجابه (عماد) في توتر مماثل:

ـ ربما يعني أن هذا ليس (حَمَد).

سأل (مأمون) :
- وكيف السبيل إلى التأكد من هذا؟
أتاه الجواب على لسان (ثابت)، الذي نهض قائلًا في بساطة:
- هناك وسيلة لهذا.
التقت عيون الثلاثة عند جسده النحيل الضئيل في تساؤل، فتابع:
- سألتقي وحدي بالسيارة القادمة، ولو كانت السيارة المطلوبة، سأقول لقائدها كلمة السر، وينتهي كل شيء، أما لو لم تكن كذلك، فسأدعي أنني جندي ضل طريقه.
قال (عماد) في توتر:
- أيمكنك أداء هذا حقًا؟
ابتسم (ثابت)، وهو يقول في بساطة:
- ولم لا؟!.. إنه أبسط جزء في العملية كلها.
قالها والتقط مدفعه الآلي، ثم اتجه في خطوات سريعة إلى ما خلف التبة، معترضًا طريق السيارة القادمة، فغمغم (كمال):
- من يصدّق هذا؟
التفت إليه (مأمون) بحركة حادة، وقال:
- يصدّق ماذا؟
أشار (كمال) إلى (ثابت)، وقال:
- إنه مجرَّد راقص باليه، وعلى الرغم من...
بتر عبارته بغتة، أمام نظرات (مأمون) و(عماد) الصارمة الغاضبة، وتمتم في حرج:
- لم أقصد شيئًا.
لم يعلّق أحدهما على عبارته، مما زاد من حرجه وتوتره، فتمتم محاولًا تحسين موقفه:

- إنه شجاع بحق.

مطَّ (مأمون) شفتيه في ضيق، وأشاح (عماد) بوجهه، فهتف (كمال) في عصبية:

- فليكن.. إنني أعتذر.

لم يجب أحدهما هذه المرة أيضًا، فقد انشغلا بمراقبة (ثابت)، الذي بلغته السيارة، وتوقفت إلى جواره تمامًا.

ولقد بهر ضوء السيارة عيني (ثابت) في البداية، فأغلقهما، ورفع مدفعه بيد واحدة، طالبًا من (الجيب) التوقف، ولم تكد تفعل حتى وجد نفسه يرتبك ويتلعثم، ويقول بالعبرية، التي يجيدها نفس إجادته للعربية:

- معذرة يا سيّدي.. لقد ضللت طريقي في الصحراء، و...

قاطعه صوت حازم:

- عجبا!.. كنت أظنك تحمل لقب (الصقر الأخضر).

فتح عينيه في سرعة، ورفع وجهه إلى مصدر الصوت، وتفجَّرت الدهشة في أعماقه بشدة..

لم يكن قائد السيارة هو البدوي (حَمَد)..

بل كان فتاة..

فتاة باهرة الحسن..

☆ ☆ ☆

اتسعت عينا (ثابت) في دهشة كبيرة، وهو يتطلع إلى صاحبة الصوت الأنثوي الرقيق، الذي لا يخلو من الصرامة والحزم..

كانت هادئة، جادة، تمتلك ذلك السحر الشرقي الأخاذ، بعينيها السوداوين الواسعتين، ووجهها الأسمر الرقيق، وشعرها الحريري الأسود، الذي ينسدل على جانبي وجهها كليل بلا نجوم..

وتســمَّرت عينا (ثابت) على وجه الفتاة، حتى كرَّرت في حزم:
- أخبرني.. هل تحمل لقب (الصقر الأخضر)؟
اعتدل متخليًا عن انبهاره، وأجاب:
- نعم.. أنا واحد من الصقور الأربعة.
تنهَّدت في ارتياح، وتلاشــى حزمها وصــرامتها دفعة واحدة، وهي تمدّ يدها إليه بالتحية، قائلة في ود:
- حمدًا لله على وصولكم سالمين.. أين الباقون؟
صــافحها في ســعادة، وهو يشــير لرفاقه بالقدوم، ثم قفز داخل السيارة، واتخذ المقعد المجاور لها، ووصل زملاؤه في سرعة، ليحتلّوا مقاعد السيارة الباقية بدورهم، وسألها (عماد) في حذر:
- من أنت؟.. وأين الشيخ (حَمَد)؟
أجابته وهي تدير محرِّك السيارة، وتنطلق بها عائدة:
- أنا (جوزاء).. ابنة الشــيخ (حَمَد)، وأعلم كل شــيء عن مهمتكم.
عاد يسألها، وقد اصطبغت لهجته بالصرامة هذه المرة:
- أين (حَمَد)؟
ارتفع حاجبا (مأمون) في دهشــــة، وهو يتطلّع إلى وجه (جوزاء)، التي تقود السيارة في مهارة وتركيز؛ فقد خُيّل إليه، على ضــوء القمر الخافت أن خيطًا من الدمع يســيل من عينيها الجميلتين، وينزلق على خدها الأســمر اللامع، و(عماد) يكرّر في قسوة عصبية هذه المرة:
- أين هو يا (جوزاء)؟
اختنق صوت الفتاة، وغصّ بدموعها، وهي تقول:
- مات.
حدَّق الجميع فيها بدهشة، وهتف (كمال):

- هل كشف الإسرائيليون أمره؟
هزَّت رأسها نفيًا، وأفلت من بين شفتيها نحيب باك، أسرعت تكتمه في صدرها، وهي تقول:
- كلَّا.. لقد مات ميتة طبيعية.. أصابته نوبة قلبية منذ ساعتين، فلقى ربه مبتسمًا، منشرح الصدر، وهو يؤكد أن مهمتكم تعني حتمًا قرب اندلاع الحرب الشاملة، وقرب تحرّرنا من الاستعمار الإسرائيلي..
مسحت دمعة انحدرت من عينيها، قبل أن تتابع:
- منذ غروب الشمس، وهو يتعامل وكأننا تحررنا بالفعل، ويتحرك في حيوية ونشاط عجيبين، وكأن عمره قد انخفض عشرون عامًا فجأة، ثم..
صمتت فجأة، مركزة انتباهها على الطريق، ثم استطردت:
- سقط فجأة، وهو يعدّ السيارة لاستقبالكم.. تمامًا كشمعة أطفأتها الرياح.
تمتم (عماد) في خفوت:
- البقاء لله، فلندع له بالرحمة.
ابتسمت (جوزاء) ابتسامة حزينة، وقالت:
- لم أشأ إضاعة الوقت في بكاء وعويل.. تركت هذه المهمة لأمي وأختي، وقرَّرت أن خير ما أقوم به هو أن أتم ما بدأه، وأخرج لاستقبالكم.. هذا يجعله يرقد في قبره بارتياح.
سألها (عماد) :
- وهل أخبرك بكل شيء؟
أومأت برأسها إيجابًا، وقالت:
- تقريبًا.. لقد كان - رحمه الله - كتومًا للغاية، ولكنه كان يعتبرني دائمًا كاتمة أسراره.

سألها في لهفة واهتمام:
- هل أعطاك الأوراق إذن؟
أخرجت من طيات ثوبها أوراق مطوية في عناية، وناولتها له، قائلة :
- ها هي ذي.. كان يحرص عليها كروحه، ولكنها لم تذهب معها.
التقط الأوراق في لهفة، وفردها ليطالعها في اهتمام، على ضوء مصباحه اليدوي، ثم دسَّها في جيب سترته، قائلا:
- الأختام مزوَّرة بدقة مدهشة.
قالت في هدوء حاسم:
- إنها حقيقية.
هتف (مأمون) في دهشة:
- حقيقية؟!.. وكيف حصل والدك على أختام حقيقية؟
أجابت في بساطة:
- دفع رشوة للضابط الإداري المسؤول.
قال (كمال) مشدوهًا:
- رشوة؟!.. أيوجد مرتشون لديهم؟
أجابت في اقتضاب:
- نعم.. (السفرديم).
ثم شعرت أن إجابتها ليست واضحة أو كافية، فتابعت:
- الإسرائيليون هم المسؤولون عن عدم الانتماء الموجود في نفوس بعض ضباطهم وجنودهم. فعلى الرغم من أن (إسرائيل) تحارب بشدة تعصّب بعض الشعوب ضدها، إلا أنها في داخلها دولة عنصرية متعصبة، وقيامها وحده خير دليل على هذا.. إنهم يقسمون اليهود إلى فئتين.. (أشكديم) و(سفرديم).. الأولى هي اليهود الغربيين، الذين

يتمتعون بكل الامتيازات، ويحصلون عادة على أرفع وأعلى المناصب، أما الثانية فهي اليهود الشرقيون، الذين يعاملون باعتبارهم الطبقة الأدنى، على الرغم من أن الفئتين تحملان الجنسية الإسرائيلية، فيشعر (السفرديم) بالحنق والاضطهاد، ويقل انتماؤهم، فيسهل اجتذابهم وتجنيدهم..

سألها (كمال) فجأة بقلق:

- أليس من الخطر أن ننطلق على أرض العدو بسيارة لها مثل هذه المصابيح القوية؟

أجابته في هدوء:

- العدو لا يمكنه مراقبة كل شبر من أرض (سيناء) أيها الصقر، وما تزال هناك بقاع كثيرة يجهلها، ونحفظها نحن عن ظهر قلب.

قالتها وهي تدور بالسيارة حول تل قريب، ثم ضغطت فرامل السيارة فجأة بكل قوة، هاتفة:

- يا إلهي!

فهناك، على بعد أمتار قليلة منهم، كانت مصابيح عدد من السيارات تقترب في سرعة، فهتف (عماد):

- إنها دورية إسرائيلية.

وأضاف (مأمون) في توتر بالغ:

- إنهم يتجهون نحونا مباشرة، ولقد رأونا حتمًا.

ازدرد (كمال) لعابه في توتر مماثل، وقال:

- رأوا مصابيح سيارتنا على الأقل.

وهنا هتف (ثابت) فجأة، في لهجة آمرة، لا تتناسب مع كون رتبته أقل من (مأمون) و(عماد):

- غادروا السيارة فورًا، واختبئوا عند هذا التل القريب.

قال (عماد) في حدة:

- ماذا تقول أيها الملازم؟
أجابه (ثابت) في هدوء وبساطة:
- ألم تسمع ما قاله (كمال) يا سيادة النقيب؟.. لقد رأوا مصابيح السيارة فحسب، ولن يمكنهم تخمين عدد ركابها.. أسرعوا بمغادرتها إذن، وسأبقى وحدي، فليس من المنطقي أن نعرض أنفسنا جميعًا للخطر، ومهمتنا لم تبدأ بعد.
قال (عماد) في حدة:
- ولم لا أبقى أنا؟
أجابه بنفس البساطة:
- لأنك قائد العملية، والملازم أوَّل (مأمون) هو أفضل من يجيد العبرية، وهو الذي سيلعب دور الضابط الإسرائيلي، عندما تحين ساعة الصفر، و(جوزاء) فتاة.
قال (كمال) في حزم:
- وماذا عني؟
قال (ثابت):
- لا تضيع الوقت في النقاش.. إنهم يقتربون.
كان حديثه منطقيًا، مما جعل (عماد) يقفز من السيارة، ويعاون (جوزاء) على مغادرتها، في حين ربَّت (مأمون) على كتف (ثابت)، وقال:
- وفقك الله.
وأسرع الثلاثة يعدون نحو التل القريب، في حين جلس (كمال) على مقعده، وجذب إبرة مدفعه الآلي في حزم، فقال (ثابت):
- الحق بهم بسرعة، قبل فوات الأوان.
أجابه (كمال) في حزم:
- اثنان أفضل من واحد يا سيادة الملازم.

قال (ثابت) وهو يراقب السيارتين القادمتين في قلق:

- ارحل يا رجل.. هذا أمر.

كرَّر (كمال) في عناد:

- اثنان أفضـــل من واحد يا ســـيادة الملازم، ويمكنك محاكمتي عسكريًا عند عودتنا.

تنهَّد (ثابت)، وتطلَّع إلى السـيارتين، اللتين صـــارتا قاب قوسين أو أدنى من سيارتهما، فغمغم:

- لا بأس.. فليفعل الله (سبحانه وتعالى) ما يشاء.

توقفت السيارتان إلى جوار سيارته، وهو يتظاهر بفحص محرّكها، وهبط منهما ســتة من الجنود الإســرائيليين، صوَّب خمسة منهم مدافعهم الآلية نحو (ثابت) و(كمال)، في حين تقدَّم منهما السادس، وقال:

- من أنتما، وماذا تفعلان هنا؟

أجابه (ثابت) في هدوء، وبعبرية سليمة:

- لقد ضللنا طريقنا، والمحرّك يرفض العمل، و...

قـاطعـه الرجـل، الذي تبـدو القســـوة وكـأنهـا جزء من ملامحه، وأشار إلى (كمال)، قائلا:

- أنت.. تعال هنا.

غـادر (كمال) السـيارة، وهو يحمل مدفعه في حزم، ووقف أمام الملازم الإســرائيلي الضـــخم الجثة، غليظ العنق، وقال:

- ماذا تريد أيها الملازم؟

التقى حاجبا الرجل، وهو يميل بأذنه في حركة عجيبة، قائلًا:

- مـاذا قلت أيهـا الجندي؟.. هيا.. كرّر عبارت، فلغتك العبرية لا ترق لي.

ازدرد (كمال) لعابه، وقال:

- إنني مهاجر عراقي، وصلت إلى (إسرائيل) حديثًا، ولم تتح لي بعد فرصة إجادة العبرية.
تراجع الضـــخم، وبرقت عيناه على نحو عجيب، وهو يقول:
- هكذا؟.!
وارتسمت على شفتيه ابتسامة ساخرة، لم ترق لهما، وهو يستطرد:
- لقد فقدنا واحدة من طائرات الهليوكوبتر.. هل لمحتما شيئًا غير عادي الليلة؟
أجابه (ثابت) في بساطة:
- مطلقًا.. إننا نسير منذ ساعتين، ولم..
قاطعته فجأة ضـــحكة ســـاخرة عالية، أطلقها الملازم الإسـرائيلي الضـخم الجثة، على نحو بغيض مستفز، قبل أن يلتفت إليهما، ويقول:
- لعبة طريفة، ولكنها فاشلة.
وأشار بسبَّابته إلى (كمال) مستطردًا:
- المهاجرون الجدد لا يعملون في الخطوط الأمامية أيها الفاشل ثم انتزع مسدسه فجأة، وصوَّبه إليهما، مستطردًا في شراسة:
- أم أقول: أيها الجاسوس المصري.
وفي حركة غريزية، دفعه إليها حب البقاء، رفع (كمال) فوهة مدفعه الآلي، وأطلق النار على الملازم الإسرائيلي الضخم الجثة..
واشتعل الموقف.

☆☆☆

الفصل الخامس

الخميس: الرابع من أكتوبر لعام ١٩٧٣م، الثامن من رمضان ١٣٩٣هـ، الثانية والنصف صباحًا

☆☆☆

مزَقت رصـاصـات (كمال) جسـد الملازم الإسـرائيلي، ودفعته إلى الخلف في عنف، ليرتطم بثلاثة من رجاله، في حين تراجع الرجلان البـاقيـان في حركـة حـادة، وارتفعت فوهتا مدفعيهما، مع فوهة مدفع (ثابت)، الذي تحرّك في سـرعة مدهشـة، وأطلق رصـاصـات مدفعه بدوره على الإسرائيليين..

وفوجئ الإسرائيليون بالرصاصات تنهال عليهم كالمطر، وبـ(عماد) و(مأمون) و(جوزاء) يندفعون من خلف التل، وهم يطلقون عليهم رصاصات مدافعهم الآلية أيضًا..

وانعكس الأمر..

سـقط الإسـرائيليون في الكمين، بدلًا من أن يسـقط فيه المصريون..

وانتهى القتال في لحظات قصار، أدهشت الجميع..

ولقى الإسـرائيليون السـتة مصـرعهم، قبل أن يتخذوا خطوة واحدة، في حين وقف (كمال) مشدوهًا، يتطلّع إلى الموقف في ذهول، فهزه (ثابت) من كتفيه، قائلًا:

- ماذا أصابك يا رجل؟

ردَّد (كمال):

- لا شيء.

ثم التفت إليه، متابعًا:

- وهذا هو ما يذهلني.. لقد قتلنا سـتة من الإسـرائيليين، دون أن أصاب برصاصة واحدة.

ربَّت (عماد) على كتفه، قائلًا:
- كانت مبادرتك مباغتة لهم، وتدخلنا قلب موازينهم، وأربكهم، فلم ينتبهوا حتى سقطوا جثثًا هامدة.
هزَّ (كمال) رأسه في قوة، مردّدًا:
- غير معقول!
جذبه (مأمون) نحو السيارة، وهو يقول:
- فليكن.. سنناقش هذه المعجزة فيما بعد.. المهم أن نبتعد عن هنا بأقصى سرعة، قبل أن يرسل الإسرائيليون دورية أخرى..
نفض (كمال) عن نفسه دهشته، وقفز مع الآخرين داخل السيارة التي انطلقت بها (جوزاء) عبر الصحراء، وهي تقول:
- هناك أمر ما يثير أعصاب الإسرائيليين الليلة، فقد أبدلوا مسار دورياتهم، وكأنهم يتوقعون حدوث أمر ما.
سأل (مأمون) في قلق:
- أمن المحتمل أن فكرة العملية قد تسرَّبت؟
هزَّ (عماد) رأسه في حزم، قائلًا:
- مستحيل!
قال (كمال) قلقًا:
- ولم لا؟.. ألم تسمع عن قوة ومهارة المخابرات الإسرائيلية.
قال (عماد):
- دعاية.. مجرّد دعاية يا صديقي.. الإسرائيليون يجيدون هذا إجادة تامة، فهم يبالغون في قوتهم، ويحيطون أنفسهم بعدد من الروايات والأساطير، بحيث ينحفر في أعماق الجميع أنهم بالفعل قوة لا تقهر، وفرسان لا يشق لهم

لقد أسند إليهم الوطن مهمة بالغة الدقة والخطورة، وطالبهم ببذل أرواحهم من أجل نجاحها، وليس من حقه التنازل عنها، من أجل فرد واحد، قد يلقي مصرعه، حتى مع تدخلهم..

وانتزعته (جوزاء) من أفكاره مرة أخرى، وهي تقول:

- أسرعوا.. من هنا.

هتف (كمال):

- و(ثابت)؟!

صاح به (عماد):

- اطع الأمر يا جندي...

قادتهم إلى حجرة داخلية، وتعاونوا معها لرفع حجر ضخم من أرضيتها، فظهرت أسفله حجرة سرية كبيرة، قالت (جوزاء)، وهي تشير إليها:

- لن يمكنهم كشف وجودكم داخلها.. مهما فعلوا.

أسرعوا داخل الحجرة السرية، وأعادت في الحجر فوقها، بمعاونة أمها وشقيقتها (هادية)، ثم ألقت جسدها فوق أريكة قريبة، وهي تملأ ذهنها كله بصورة (ثابت)، وتلهث هاتفة:

- ساعده يا إلهي... ساعده..

☆☆☆

كانت مفاجأة عنيفة للملازم (ثابت)، عندما ظهرت أمامه السيارة الإسرائيلية، وخلفها السيارة الأخرى نصف المصفحة، وانتفضت عروقه في أعماقه، إلا أنه واصل رفع المياه في هدوء، دون أن يتطلّع إلى الإسرائيليين، حتى شعر بلكزة عنيفة في ظهره، وسمع صوتًا أجشًا غليظًا، يقول بالعبرية:

- أما زلتم تصرون على الصيام، على الرغم من مهمتكم؟

مسح (عماد) شفتيه بسبَّابته، وقال:

- إننا نزداد صـلابة، كلما أطعنا الله (سـبحانه وتعالى)، وأدينا فرائضه.

فتح (مأمون) شـفتيه، لينطق عبارة ما، إلا أن الكلمات احتبسـت في حلقه، والتقى حاجباه في شـدة، مع صـوت السـيارة التي تقترب، والذي بدا فجأة في وضـوح، في حين هبت (جوزاء) من مقعدها، واندفعت نحو النافذة، ثم أطلقت شهقة قوية، وهي تضرب صدرها بكفها، هاتفة في ارتياع:

- الإسرائيليون.

لم تكد تنطقها حتى وثب (مأمون) من مقعده، واختطف مدفعه الآلي، وصاح (كمال) في جزع:

- (ثابت) بالخارج.

التقط (عماد) مدفعه الآلي بدوره، وهو يقول في حزم:

- يبدو أننا سنضطر لمخالفة الأوامر، والاشتباك معهم يا رجال.

أمسكت (جوزاء) يده، وهي تقول:

- قف.. إنهم أكثر من عشرة رجال، وتتبعهم سيارة نصف مصفحة.

أجابها في صرامة:

- و(ثابت) بين أيديهم في الخارج، ولن نسـمح بضـياعه منا هكذا .

قالت في عصبية:

- وهل تسمحون بضياع (مصر) كلها؟

هزَّته عبارتها من الأعماق، وجعلته يسـترجع توازنه، ويدرك أنه قائد.. والقائد لا ينساق أبدًا خلف عواطفه..

ردوا تحيته في بساطة، ونهضت والدة (جوزاء) تستقبله، مع شقيقتها (هادية)، وقالت (جوزاء):

- لا ريب أنك بحاجة إلى الاغتسال يا سيادة النقيب.. سأحضر لك بعض الماء من البئر، و...

قاطعها (ثابت) بصوته الهادئ، وهو يقول:

- انتظري.. سأحضر أنا الماء من البئر.

قالها وهو يلتقط الدلو الضخم، ويتجه إلى باب المنزل، وتابعته هى ببصرها في إشفاق، وهي تتأمل جسده النحيل، ثم قالت في خفوت:

- شـهم هو ذلك الفتى.. على الرغم من جسده النحيل ورقته البالغة، حتى ليدهشني أن أراه في زي رجال الصاعقة.

قال (كمال) في ضيق، وكأنما يحنقه أن تصف (جوزاء) أحد رجال الصاعقة بالرقة:

- مجرَّد مظهر خداع.. إنه يمتلك شجاعة الأسد، وصلابة الفولاذ.

قالها في ثقة شـديدة، واعتداد بالغ، على الرغم من أنه لم ير (ثابت) قط في أثناء العمل، ولكنه أراد أن يثبت لها أن اختيار قادة الجيش لرجالهم صـائب دومًا، حتى ولو بدا الأمر مخالفًا لهذا..

وافقته (جوزاء) بإيماءه من رأسها، وابتسمت..

وكانت أوَّل مرة تبتسـم فيها، فبدا وجهها الأسمر جذابًا فاتنًا، بهر عيون الرجال الثلاثة، فتمتم (كمال) دون وعي:

- يا للروعة!

رمقه (عماد) بنظرة صارمة، وتضرَّج وجه (جوزاء) بحمرة الخجل، وأسرعت تقول، وكأنها تبدل الحديث:

غيار.. ولكنهم في الواقع مجرَّد رجال عاديين، لا يمكنهم أبدًا اختراق أسوار السرية، لو أننا نحرص عليها بالفعل. لم يحاول أحدهم مجادلته، أو مناقشته فيما ذهب إليه، وإن بدا لهم حديثه إنشـــائيًا، أكثر منه عمليًا، وقالت (جوزاء) في خفوت:

- استعدوا.. لقد وصلنا تقريبًا.

ثم دارت حول تبة أخرى، فبدأ أمامهم منزل واسـع من طابق واحد، يجاوره بئر، وزوج من النخيل، وسـيارة قديمة، وقالت (جوزاء)، وهي تتجه بسيارتها إلى المنزل:

- من هنا تبدأ رحلتكم الحقيقية أيها السـادة.. ومن هنا تكون الخطوة الأولى في (عملية الضوء الأخضر).

☆ ☆ ☆

اسـتيقظ النقيب (عماد) في العاشـرة صبـاحًا، بعد نوم عميق، دام ست ساعات كاملة، فنهض من فراشه، وجلس على طرفه يتثاءب، ويفرد ذراعيه عن آخرهما، ثم تأمل الحجرة الصغيرة، التي تتسع بالكاد لفراشـة الصغير، ومنضـدة تسـتوعب دورقًا فخاريًا، يمتلئ بالماء العذب النظيف..

وهزَّ (عماد) رأسـه، وكأنه ينفض عن نفسـه الكسـل والنعاس، ثم غادر الحجرة، ليكشـف أنه آخر من استيقظ من النوم، فقد كـان الجميع يجلسـون حول المائـدة، ويتحدثون في هدوء، وكأنهم يقضـون فترة استرخاء، لا جزءًا من مهمة انتحارية بالغة الخطورة. وكانوا يرتدون مثله ثيابًا بدوية، جعلته يبتسم قائلًا:

- صباح الخير يا إخوة العرب.

- التفت إلي أيها البدوي الحقير.. لا تتظاهر بتجاهلنا.
استدار (ثابت) في هدوء، يخفي به ذلك الانفعال، الذي تعصف به أعماقه، ليواجه ملازمًا إسرائيليًا ضخمًا، يلوك في فمه قطعة من اللبان، وتبدو أسنانه القذرة من خلال ابتسامته الساخرة، وهو يتأمل (ثابت)، قائلًا بلغة عربية ركيكة:
- عجبًا!!.. إنها أوَّل مرة أرى فيها رجل بدوي أبيض البشرة.. قل لي يا فتى.. ألا تعمل إلا في الليل؟
أجابه (ثابت) في هدوء:
- لا حيلة لي في لون بشرتي أيها الإسرائيلي.
فجأة هوى الإسرائيلي على وجهه بصفعة قوية، ترنح لها جسده الضئيل، وهو يصرخ:
- عندما تتحدَّث إلى أحد ضباط جيش الدفاع، لا تخاطبه بقولك: (أيها الإسرائيلي).. بل قل: (يا سيادة الملازم المحترم).. هل تفهم؟
تطلع إليه (ثابت) بغضب شديد، وتمالك نفسه في صعوبة، حتى لا يهوى على وجهه بصفعة مماثلة، في حين تلفت الإسرائيلي حوله، وهو يقول:
- أين (حَمَد)؟
أجابه (ثابت) بصوت مختنق:
- لقد مات.
التفت إليه الرجل في وحشية، وقال:
- هل تلعب لعبة سخيفة، أم تتظاهر بالذكاء؟
أجابه (ثابت) في ضيق:
- لا هذا ولا ذاك.. لقد مات أمس بالفعل، ويمكنك أن تسأل كل من حضر جنازته.
مال الإسرائيلي نحوه، قائلًا:

- فليكن.. ربما كان هذا أفضـــل لـه.. ولكن من أنت بالضبط؟

أجابة (ثابت) في ثبات:

- ابن شقيقه (ثابت).

اعتدل الإسرائيلي بحركة حادة، وهتف:

- ابن من؟!.. أخطأت يا فتى.. لم يكن لـــ(حَمَد) أشقاء.. أخبرني من أنت، أو أقطع لسانك، وأطعمه لكلاب السجن الحربي.

صاح أحد الإسـرائيليين في هذه اللحظة، وهو يبرز من خلف المنزل:

- توجد هنا واحدة من سيارات الجيب المفقودة.

لم يكد الإسرائيلي ينطق هذه العبارة، حتى أدرك (ثابت) أنه ســقط، ولم تعد أمامه فرصـــة للنجاة، فدفع العباءة البدوية جانبًا، واستل من حزامه خنجرًا ماضيًا، ثم وثب في رشاقة مدهشـة، ليحيط عنق الملازم بذراعه، ويضع نصل الخنجر على عنقه، هاتفًا:

- فليكن يا رجل.. خذ الحقيقة، ما دمت تريدها.. إنني مقاتل مصـري، احتل منزل (حَمَد) بالقوة، منذ مسـاء أمس.

ارتجف قلب (جوزاء)، إزاء هذا المشــهد، وفهمت على الفور مـا يرمي إليه (ثابت)، بقوله: إنه يحتل المنزل بالقوة..

إنه يبرئها وأمها وشقيقتها، من تهمة التعاون معه..

يا له من شهم!

ولكن الشهامة وحدها لم تكن تكفي، في مثل هذا الموقف..

لقد كان فارق القوة بينه وبين الملازم الإسرائيلى ضخمًا، حتى أن هذا الأخير، انتزعه من فوق ظهره بسهولة، وكال له لكمة كالقنبلة، وهو يهتف:

- طريف منك أن اعترفت.

وارتفعت فوهات المدافع الآلية نحو (ثابت)، ولكن الإسرائيلي هتف:

- أريده حيًا..

وهنا انقضّ الرجال العشرة على (ثابت)..

وهزمت الكثرة الشجاعة..

وسقط (ثابت)..

سقط في قبضة العدو..

☆☆☆

الفصل السادس

الخميس: الثامن من رمضان ١٣٩٣هـ، الرابع من أكتوبر ١٩٧٣م، الحادية عشرة والنصف صباحًا.

☆☆☆

ركل (كمال) قطع الأثاث المقلوبة، في غيظ وحنق، وشعر برغبة ملحة في البكاء، كتمها في أعماقه بصعوبة، مفضلًا اجترار حزنه وسخطه، مع صمته المعبر، في حين لم يتمالك (مأمون) نفسه. فراح يهتف في مرارة ثائرة:

- كيف؟.. كيف تركناهم يأسرونه بهذه البساطة؟!.. كان ينبغي أن نقاتلهم.. أن نريهم من نحن، وكيف نواجه أوغادًا مثلهم.

بكت أم (جوزاء) حسرة، وهي تقول:

- وماذا كان بيدك لتفعله يا ولدي؟.. لقد هاجموه كالكلاب المسعورة، وضربوه بوحشية، حتى فقد الوعي، ثم اقتحموا المنزل، وراحوا يسبوننا ويضربوننا، وقلبوا كل قطعة أثاث، بحثًا عن أعوان له، ومن حسن الحظ أنهم لم يعثروا على الحجرة السرية، التي كنتم تختبئون فيها تحت الأرض.

صاح (مأمون):

- نعم.. التي كنا نختبئ فيها كالفئران، ونترك هؤلاء الأوغاد يقتنصون زميلنا، دون أن نبذل أقل جهد لحمايته والذود عنه.

قال (عماد) في هدوء حازم:

- كان هذا حتميًا.

التفت إليه (مأمون)، صائحًا في سخط:

- أية حتمية؟.. حتمية الجبن والخسّة والنذالة، و..
قاطعته صيحة هادرة صارمة من (عماد):
- كفى..
بتر عبارت، وأطبق شفتيه دفعة واحدة، وقد انتبه إلى أنه يخاطب قائده، في حين استطرد (عماد) في حزم قيادي واضح:
- ما فعلناه كان حتميًا، دون أدنى شك.. وهو ليس جبنًا أو خسة أو نذالة.. لقد كنا في موقف يحتاج إلى الحكمة والروية.. كانت كتيبة إسرائيلية مسلحة، مع سيارة مصفحة، ومن العسير جدًا أن نقاتلهم وحدنا.. ثم أنك نسيت المهمة الرئيسية، التي من أجلها أتينا إلى هنا.. إننا هنا من أجل (مصر) كلها أيها الملازم، ومن الخطأ، كل الخطأ، أن نضحي بـ (مصر) كلها، لأن عواطفنا تتجه إلى الدفاع عن فرد واحد.. أيًا كان هذا الفرد.. هل تفهم؟
صمت (مأمون) لحظات، وهو ينظر إلى (عماد)، ثم خفض عينيه، متمتمًا:
- نعم ياسيدي، أفهم.
كان حديث (عماد) منطقيًا للغاية، إلا أنه لم ينجح في منع تلك الغصة، التي اختنق بها (كمال)، وهو يقول:
- ولكننا أصبحنا ثلاثة.
هتفت (جوزاء) في حماس:
- أنا رابعتكم.
ألقي (عماد) عليها نظرة قصيرة، ثم أشاح بوجهه، قائلًا:
- الخطة معدَّة بحيث يمكن لثلاثة تنفيذها، في حالة الضرورة.
قالت (جوزاء) في عناد:
- ولماذا لا أصحبكم أنا؟

هتفت أختها (هادية):
- وأنا أيضًا.
قال (عماد) في حزم:
- القتال ليس للفتيات .
بدا الارتياح على وجه الأم، في حين قالت (جوزاء):
- من قال هذا؟.. لقد رأيت مجندة إسرائيلية بنفسي.
سألها في هدوء:
- وهل كانت تقاتل؟
قالت في صلابة:
- كانت مع الجنود.
اعتدل (عماد)، وتطلع إليها طويلًا هذه المرة، قبل أن يقول:
- لست أنكر وجود مجندات إسرائيليات، ولكنهن لسن مقاتلات، إلا في أفلام السينما والنشرات الدعائية، أما في الواقع، فهن لا يعملن إلا في الوظائف الإدارية، كالسكرتارية والأرشيف.
قالت في حدة:
- من قال هذا؟
أجابها في شيء من الضجر:
- شرائعهم اليهودية تمنع المرأة من القتال.
هتفت (هادية):
- ومن قال: إن الإسرائيليين يلتزمون بشرائعهم اليهودية؟
لم يبد عليه الارتياح كثيرًا، وهم يجذبونه إلى هذه المناقشة، ولكنه أجاب:
- من المحتم أن يفعلوا.. فعلى الرغم من أننا نعتبرهم ألد أعدائنا، إلا أنه من الضروري أن ندرك ونفهم مدى إصرارهم على الالتزام بشرائعهم، إذ أن هذا الأمر هو

كيانهم كله.. ثم، ما الذي يدفعهم إلى الهجرة من بلاد استقروا فيها طويلًا، إلى (إسرائيل)؟؟ أليس هو ذلك النداء الديني الذي يزعمونه، بأنها أرض الميعاد؟.. إن الصهيونية كلها قائمة على التمسك بالشرائع، والتخلي عنها يعني انهيار (إسرائيل) كلها.

سأله (كمال) في اهتمام:

- لماذا توحي (إسرائيل) في دعاياتها إذن، بأن نساءها يقاتلن.

أجابه وقد بلغ ضجره مبلغه:

- للإيحاء بضعف الجيوش العربية يا رجل.. إنها تعلن أنها تقاتلنا بنسائها.. فأي عار هذا !

اعتدل (كمال) في صرامة، وقال في حدة:

- بنسائها؟!.. والله إننا لقادرون على الفتك بأقوى رجالها.

تدخل (مأمون) فجأة، ليدير دفة الحوار بعيدًا، وهو يقول:

- دعونا من كل هذا.. المهم الآن هو (ثابت).. ماذا سيفعلون به في رأيكم؟

قالت أم (جوزاء) في حسرة وأسى:

- قلبي يتمزَّق من مجرد الفكرة.. إنهم أوغاد وقساة القلوب.. سيعذبونه حتمًا، حتى يمكنهم انتزاع أية معلومات منه.

هتف (كمال) في قلق:

- أيمكن أن يخبرهم بالخطة؟!

لم يكن ينطقها حتى شعر بالندم والخجل، فاستدرك بسرعة في خفوت:

- أعني هل يحتمل تعذيبهم طويلًا؟

تنهد (عماد)، وشرد ببصره لحظة، قبل أن يغمغم:

- من يدري يا رجل؟.. من يدري؟

وسرت العبارة في رؤوسهم كالنار في الهشيم، وظلت تتردَّد في أعماقهم، على الرغم من ذلك الصمت الرهيب، الذي خيم بغتة على المكان..

من بدرى؟..

☆☆☆

"هالو.. هشو مبيع أنا؟"..

تردَّدت تلك العبارة العبرية، في أذن الملازم (ثابت)، وهو يستعيد وعيه في بطء، وعلى الرغم من إتقانه التام للغة العبرية، إلا أن عقله استغرق عدة ثوان، حتى أمكنه ترجمة العبارة إلى العربية في ذهنه، ليفهم أنها تعني: "أنت.. هل تسمعني؟"

كان من الواضح أن ذهنه لم يستعد صفاءه بعد، ولكنه فتح جفنية قليلًا، وراح يستجمع قواه، ليستوعب ويدرك ما حوله..

كان ملقى في ركن زنزانة صغيرة رطبة، غرقت أرضيتها في ماء آسن، يرتفع خمسة سنتيمترات، وأضيء سقفها بمصابيح قوية حارة، ينفذ ضوءها وحرارتها إلى عينيه، حتى ولو أغلق جفنيه في قوة.. وكانت شفته السفلى مقطوعة متورّمة، وهناك آلام عديدة، تنتشر في جسده..

ثم ميز وجه ذلك الإسرائيلي الضخم، الذي ينحني فوقه، ويكرّر بالعبرية:

- هل تسمعني؟

أومأ (ثابت) برأسه في بطء، وهو يحاول استجماع شتات ذهنه، والسيطرة على أفكاره، وبدأت عيناه تميزان ما حوله تدريجيًا، والإسرائيلي يقول في خشونة:

ـ من أنت؟ وماذا تفعل هنا؟

كان (ثابت) يفهم كل حرف، نطقه الرجل بالعبرية، ولكنه تمتم في ضعف:

ـ لست أفهم ما تقول.. تحدَّث العربية، من فضلك.

شعر بيد قوية تجذبه من شـعره، ثم هوت على وجهه النحيل صفعة عنيفة، مع صوت صارخ غاضب شرس، يقول بلغة عربية ركيكة:

ـ من أنت أيها الحقير؟

تمتم (ثابت):

ـ جندي مصري، انفصلت عن زملائي وضللت طريقي في الصحراء.

سأله الإسرائيلي:

ـ منذ متى؟

لوَّح (ثابت) بيده في ضعف، وقال:

ـ ثلاثة أو أربعة أيام، أو..

قبل أن يتم عبارته، انهالت عليه الصـفعات واللكمات والركلات كـالمطر، في قسـوة ووحشـية، ثم هتف الإسرائيلي:

ـ أيها الكاذب الحقير.. أتحاول إقناعي بأنك ضـال في الصـحـراء، من أكثر من يومين، دون أن تلفح الشـمس وجهك، أو يصـاب جلدك بالتشـققات والتسـلخات؟!.. ألا تعرف من أنا أيها الغبي؟!

كان (ثابت) قد قرأ اسم الإسرائيلي في وضوح، على البطاقـة المعلَّقة بجيب زيه العسـكري، وقرأ العبارة المدونة أسـفلها «جان موديعين»، والتي تعيى «شـعبة المخابرات»، إلا أنه تظاهر بالسـذاجة والغباء، وهو يقول:

- كلَّا.. لست أعرف من أنت.
صرخ الإسرائيلي في وجهه:
- أنا الذي يفوق قادتك كلهم حنكة وذكاء أيها الغبي.. أنا الرجل الذي لا يمكن خداعه أبدًا.. إنك تحاول أن تبدو ذكيًا، ولكنك لن تخدعني قط.. لقد فقدنا أمس طائرة هليوكوبتر ودورية كاملة، ونحن نعلم أنكم هنا لمهمة ما، وأنت ستخبرني الباقي..
تحسَّس (ثابت) شفته المقطوعة في حذر، ثم قال:
- لست أعلم شيئًا.. إنني مجرَّد جندي تائه، و...
عادت الصفعات واللكمات والركلات تهوي على وجهه وجسده، دون أن يطلق صيحة ألم واحدة..
كانت المرة الأولى، التي يقع فيها في الأسر، على الرغم من عدد المرات الكبير، الذي عبر فيه قناة السويس، وقاتل في قلب (سيناء)، طوال حرب الاستنزاف..
ولكنه احتمل التعذيب في صلابة فولاذية، وعزم لا يلين..
وسمع (ثابت) صوتًا يقول في هدوء:
- كفى..
تصوَّر في البداية أنه أحد الضباط، إلا أنه فوجئ بطبيب إسرائيلي، في معطفه الأبيض، يتقدَّم منه، ليفحصه في اهتمام بالغ..
وياللسخرية..!
إن الإسرائيليين يصرّون دائمًا على وجود طبيب، أثناء عمليات الاستجواب..
ليس خوفًا على حياة الأسير..
ولكن حرصًا على المعلومات..

كانوا يخشون فقدان المعلومات، لو لقي الأسير مصرعه، قبل أن ينتهي استجوابه، مع أساليبهم الوحشية، وعنفهم الزائد..

والعجيب أن هذا الطبيب الإسرائيلي ظل صامتًا هادئًا، يراقب كل ما يفعله الإسرائيلي، دون أن يطرف له جفن، حتى عندما تورَّم جفنا (ثابت)، وتحطَّم أنفه، وانتفخ وجهه.. لم يتحرك إلا عندما حانت لحظة الفحص الروتيني، فتقدَّم يقيس نبض (ثابت)، ويفحص ضغطه وعظامه، ثم قال في هدوء:

- يمكنه احتمال المزيد.

وعاد في بساطه إلى ركن الزنزانه، وانقض الإسرائيلي مرة أخرى على (ثابت).

وعادت الصفعات والرحلات واللكمات..

ولم تتغيّر أقوال (ثابت)..

ثم توقفت الضربات.

توقفت بعد ثلاث ساعات متواصلة، وانهار (ثابت)، ولم يستطع الوقوف على قدميه..

وهنا دخل أحد الضباط إلى الزنزانة، وألقى نظرة باردة عليه، ثم قال:

- أحضروه.. الرجل يريد رؤيته بنفسه.

شعر (ثابت) بذراعين قويتين تحملانه، وتغادران به الزنزانة الرطبة، فأيقن أنه بسبيله لملاقاة وسيلة تعذيب فائقة جديدة، في زنزانة أخرى، إلا أنه فوجئ بحارسيه يحملانه إلى ممر نظيف طويل، انتهى بحجرة مغلقة، أوقفاه أمامها، وهو يعجز عن حفظ توازنه، ثم دقَّ أحدهما الباب في رفق، ودفعه قائلًا بالعبرية:

- الأسير يا سيّدي.

كان هناك رجلان يوليانه ظهرهما، وهما يفحصان خريطة كبيرة لـــ (سيناء)، ولقد أشار أحدهما إشارة صامتة، دون أن يلتفت، فدفع الحارسان (ثابت) داخل الحجرة، التي بدت كبيرة نظيفة، جيدة الإضاءة والتهوية، وأجلساه فوق مقعد وثير، ثم وقفا حوله في حزم، مشدودي القامة..

وفي بطء، التفت إليه أحد الرجلين..

واتسعت عينا (ثابت) في دهشة بالغة..

لقد كان أمامه وجه، لا يمكن أن يخطئه مصري واحد، في تلك الآونة..

وجه أصلع حليق، تغطي عينه اليسرى عصابة سوداء مميزة..

وجه الوزير..

وزير الدفاع الإسرائيلي نفسه.

(موشى ديان..)

☆ ☆ ☆

الفصل السابع

الخميس: الثامن من رمضان ١٣٩٣هـ - الرابع من أكتوبر ١٩٧٣م: الثالثة عصرًا.

☆☆☆

"هنا"...

نطق اللواء (عزيز قدري)، قائد العمليات الخاصة، هذه الكلمة، وهو يشير بسبَّابته إلى نقطة محدودة، على خريطة كبيرة لـ(سيناء)، فعقد وزير الحربية المصري حاجبيه، وهو يقول في قلق واضح:

- هذا يعني أنهم أصبحوا ثلاثة فحسب، وهذا يزيد الأمر تعقيدًا.

التفت إليه اللواء (عزيز)، وهو يقول:

- ما زالت العملية ممكنة يا سيدي الوزير، حتى بعد موت (حَمَد) المفاجئ، ووقوع (ثابت) في الأسر.. لقد وضعنا حساباتنا كلها، بافتراض أن أحدهم سيلقى مصرعه، قبل بدء العملية.

هزَّ الوزير رأسه، وقال والقلق يعصف بنفسه:

- هذه العملية بالغة الخطورة أيها اللواء.. وبالغة الأهمية أيضًا، ولست أدري لماذا أصر الخبراء على ضرورة هبوط الرجال في (سيناء)، قبل موعد العملية بستين ساعة كاملة؟.. هذا يضاعف الخطورة حتمًا.

قال اللواء (عزيز):

- إنها ليست عملية عادية، من عمليات حرب الاستنزاف يا سيدي الوزير.. إننا ننفذ عملية خاصة، تحتاج إلى خداع الإسرائيليين حتمًا، ولابد من تواجد الرجال في

قلب الهدف، لفترة تكفي لتكيفهم مع الظروف المحيطة، واحتوائهم لطبيعة الخطر، قبل تنفيذ المهمة المطلوبة.
لوَّح الوزير بذراعه، وقال:
- فليكن.. إنه عملهم.
ثم عقد كفيه خلف ظهره، ورفع رأسه إلى الخريطة، مستطردًا في قلق واضح:
- كل ما نملكه الآن هو الانتظار والدعاء..
وانعقد حاجباه، وهو يضيف في عصبية:
- والقلق..

☆☆☆

احتاج الصقور الثلاثة إلى ساعتين كاملتين، لاستيعاب أمر فقدانهم لزميلهم، ولدراسة وتنفيذ الخطة البديلة، التي تفترض انخفاض عددهم إلى ثلاثة، ثم اعتدل النقيب (عماد)، وقال:
- المشكلة الحقيقية هي أن (ثلاثة) هو أقل عدد يكفي لتنفيذ الخطة، ولا يمكننا المخاطرة بفقد رجل آخر.
غمغم (كمال) في مرارة:
- إذن فقد تم اعتبار الملازم (ثابت) مفقودًا رسميًا.
تطلَّع إليه (عماد) و(مأمون) لحظة، ثم تبادلا نظرة سريعة، وقال (عماد) في حزم، متجاهلًا العبارة تمامًا:
- في حالتنا هذه سنلغي دور المراقب الخارجي، وسيقود (كمال) السيارة، ويجلس (مأمون) إلى جواره، وأجلس أنا وحدي في المقعد الخلفي.
قال (كمال) معترضًا:
- ولكن دور المراقب شديد الأهمية.. إنه ورقة الأمان عند الفرار.

قال (عماد):

- ليس أمامنا سوى هذا.

اعتدل (مأمون)، وقال:

دعك الآن من تأمين الفرار، ولنناقش أولًا عملية الدخول إلى المحطة (عاين).. هل نسيتما أن الإسرائيليين استعادوا (الجيب)، ولم تعد لدينا سيارة؟.. كيف نصل إلى المحطة إذن؟.. سيرًا على الأقدام؟!

تدخَّلت (جوزاء) لأوَّل مرة، قائلة في انفعال:

- السيارة ليست مشكلة.

التفت (مأمون) إليها، وقال في سخرية:

- هكذا؟!.. رائع.. من أين يمكننا شــراء ســيارة (جيب) إسرائيلية، تحمل شعار جيش الدفاع؟

انعقد حاجباها في غضب، وهي تقول:

- بل سنسرقها.

التفت إليها الجميع في دهشة هذه المرة، وقال (كمال) في استنكار:

- نسرقها؟!.. أي قول هذا؟.. إنها ليست دجاجة، أو حقيبة صـغيرة.. إنها سـيارة حربية، لا يمكن وجودها إلا داخل المعسكرات.

قالت في سرعة:

- أو في دوريات الصحراء.

انعقد حاجبا (مأمون)، وهو يسألها:

- ماذا تقصدين بالضبط؟

أجابت في حماس:

- هناك دوريات صباحية ومسائية، تجوب (سيناء) طوال الوقت، وكل دورية عبارة عن سـيارة جيب واحدة، بها ضــابط وثلاثة جنود، وكثيرًا ما تتوقف الدوريات الليلية

في واحة قريبة، لتناول بعض الأطعمة والمشـــروبات.. سـنسـتغل توقف واحدة من تلك الدوريات مســاء اليوم، ونسرق سيارة الدورية.. ما رأيكم؟

تبادلوا نظرة صامتة، ثم قال (عماد) بهدوئه الحازم:

- لا بأس.

تهلَّلت أســارير (جوزاء)، في حين التفت هو إلى رفيقيه، وقال:

- ما رأيكما؟.. سـنحاول الحصـــول على (جيب) أخرى الليلة.

اكتفى (كمال) بالصمت، متصورًا أنه ليس من حقه مجرَّد إبداء الرأي، في وجود ضـــباطين، أما (مأمون)، فعقد حاجبيه، وداعب شاربه الكث لحظة، قبل أن يقول:

- يمكننا أن نحاول على الأقل.

وكان هذا إقرارًا للخطة..

☆☆☆

تفجرَّ بركان من الدهشة والقلق، في نفس الملازم (ثابت)، وهو يحدّق في وجه وزير الدفاع الإســرائيلي، الذي ظل صـــامتًا، هادئًا، يتطلع إليه بعينه الواحدة الحادة كصـــقر أعور..

وقفزت عشرات الأسئلة، إلى رأس (ثابت)..

هل انكشف أمرهم؟

هل فشلت العملية؟..

ولماذا يهتم وزير الدفاع الإســرائيلي نفســه، بأسـر جندي مصري؟..

وأين رفاقه الثلاثة؟..

هل نجحوا في الفرار، أم سقطوا أيضًا في قبضة العدو؟

أما وزير الدفاع الإسرائيلي، فقد انحنى نحوه، وسأله في هدوء شديد، وبلغة عربية فصحى:

- ما اسمك؟

أجابه (ثابت) في سرعة:

- (ثابت عبد الله).. جندي في القوات الخاصة المصرية.

اعتدل وزير الدفاع، وبدا مستريحًا للإجابة، في حين قال الضابط الآخر:

- لا تقلق نفسك بشأن هذا الأسير يا جنرال.. إنك هنا لتهنئة الرجال بقرب عيد الغفران (كيبور)، فدعك من الأسرى ومشاكلهم ..

ألقى عليه الوزير نظرة صامتة، ثم قال بالعبرية:

- الأمر مريب يا رجل.. لقد انفجرت طائرتنا بعد اصطدام مباشر مع هليوكوبتر مصرية، لم تكن تحمل جنديًا واحدًا.. باستثناء قائدها.. فما الذي أتى بها إلى هنا.. في عمق (سيناء)؟ وأين ذهب من كانت تحملهم؟

أشار الرجل إلى (ثابت)، وهو يقول:

- ها هو ذا أحدهم، وسنتصيدهم حتمًا، واحدًا بعد الآخر.. إنها عملية عادية، من تلك العمليات، التي يطلق عليها المصريون اسم (حرب الاستنزاف)، وسنسيطر عليها بسرعة.

هزَّ وزير الدفاع رأسه نفيًا، وقال:

- المصريون لم يبلغوا، في حرب استنزافهم، هذا العمق قط، ثم لماذا عادوا فجأة إلى لعبة الاستنزاف هذه، بعد أن توقفوا عنها طويلًا؟.. كلَّا يا رجل.. أخشى أن يكون الأمر أكبر من هذا بكثير.

قال الضابط في اهتمام:

- أتشـــير إلى مناوراتهم، واســـتدعائهم لقوات الاحتياط يا جنرال؟

صـــمت وزير الدفاع الإســـرائيلي لحظات، ثم هز رأســـه نفيًا، وقال:

- كلّا.. إنها ليست أول مرة يفعلونها هذا العام.. لقد أجروا مناورات حية، واستدعوا كل الاحتياط مرتين، خلال هذا العام، وفي كل مرة كنا نسارع نحن باستدعاء احتياطنا، مما يؤثر بالســـلب على اقتصـــادنا، ويجشـــمنا ملايين الدولارات دون طائل.

وعلى الرغم من آلامـه وجراحـه وكدماتـه، كاد (ثـابت) يطلق زفرة ارتياح قوية، عندما أدرك أن الإســـرائيليين يثقون تمامًا في عدم قدرة المصريين على خوض حرب، يؤمن هو بأنها على قيد خطوة واحدة الآن..

ثم استدار إليه وزير الدفاع بغتة، وقال:

- في أية كتيبة أنت؟

همَ (ثابت) بإجابة الســـؤال تلقائيًا، إلا أن عقله أطلق فجأة إنذارًا قويًا..

لقد نطقها الوزير الإسرائيلي بالعبرية..

والمفروض أنه يجهل هذه اللغة..

وبسرعة، وتراجع (ثابت)، وقال:

- معذرة.. لست أفهم شيئًا.

ولكن عين الوزير الثاقبة لاحظت ما حدث..

لاحظـت إقدامـه، وتردده، وتراجعـه، على الرغم من أن كل هذا حدث في جزء من الثانية..

وانعقد حاجبا الوزير، ورمق (ثابت) بنظرة نارية، وهو يقول:

- أنت تكذب.

ودون أن ينتظر جوابًا من (ثابت)، التفت إلى الضـابط، وقال في حزم:
- اسـتجوبوه مرة أخرى يا (بنيامين).. انزعوا أظفاره، ولنر إلى متى سيحتمل، قبل أن يدلي بالحقيقة.
واكتسب صوته صرامة، وهو يستطرد:
- كل الحقيقة.

☆☆☆

كان الألم شـديدًا، عنيفًا، قويًا، يكفي لانتزاع الأسـرار من بين شـفتى تمثال من الحجر، حتى أن (ثابت) لم يسـتطع كتمان صـرخته هذه المرة، وهم ينتزعون إظفر سـبابته اليسـرى بلا رحمة، بآلة تشـبه نازعة المسـامير البدائية (الكمَّاشة)..
وسـالت الدماء من موضـع الظفر المخلوع غزيرة قوية، وعض (ثابت) شـفته السـفلى في قوة وقهر، حتى كاد يدميها، وهو يكتم رغبة عارمة في البكاء، في حين ارتفع صوت الضابط الإسرائيلي الصارم، وهو يقول:
- اعترف.. من أنت، وماذا تفعل هنا؟
ارتجفت الكلمات على شفتيه، وهو يقول:
- صدقني.. أنا جندي مصري عادي.. واسمي (ثابت عبد الله).
هوى الضابط على وجهه بصفعة قوية، وهو يصرخ:
- كاذب.. أريد الحقيقة.. الحقيقة.
ثم استدار إلى جندي التعذيب، وصاح:
- انتزع ظفرًا آخر.

انقض عليه الجندي في شراسة، وأمسك وسطاه في قوة، وجذب أظفره في وحشـــية، دارت معها عينا (ثابت) في محجريهما، من شدة الألم، والضابط يسأله في قسوة:

- أجب.. من أنت؟.. لماذا أنت هنا؟.. أين زملاء مهمتك؟

أطلق (ثابت) صـــرخة مدوية، وهم ينتزعون ظفرًا آخر، من يده اليسرى..

كان جســـده نحيلًا ضـــعيفًا بالفعل، على الرغم من كل ما احتمله، حتى أن رأســـه تهاوى على صـــدره، فتراجع الضابط، قائلًا في توتر:

- هل مات؟..!

أســـرع الطبيب المراقب إلى (ثابت)، وفحصـــه في اهتمام وعناية، ثم تراجع قائلًا في لا مبالاة:

- لقد انهار فحسب.. يمكنكم مواصلة عملكم.

أمسك جندي التعذيب ببنصـر (ثابت) الأيسـر، وهم بنزع ظفره، عندما هتف (ثابت) فجأة :

- كلَا.. كلَا.. أريد مقابلة وزيركم.

صاح به الضابط في غضب:

- وزيرنا؟!.. من تظن نفسك يا هذا؟

أسرع ضابط آخر يقول:

- أرسله إلى الجنرال مباشرة.. هذه أوامره.

انعقد حاجبا الضـــابط في غضـــب، وكأنما لم يرق له أن ينتزع منه أحد فريســـته، ولكنه لوَّح بيده في ســـخط، وهو يقول:

- فليكن.. اذهبوا به إليه..

أســـرع زبانية الجحيم يحملون (ثابت) إلى حجرة قائدهم، حيث يجلس وزير الدفاع الإسرائيلي، الذي سأله في لهجة

هادئة، حاول أن يخفي ما بها من اهتمام، خلف قناع زائف من اللامبالاة:
- ألديك جديد، أم أنك ستضيع وقتي فحسب؟
سقط رأس (ثابت) على صدره، وهو يقول في صوت لاهث:
- سأعترف.. سأعترف بكل شيء.. لم أعد أحتمل.. أنا ملازم في الجيش المصري.
تبادل الضابط مع وزير الدفاع نظرة ملهوفة، قبل أن يقول (ثابت) في انهيار:
- أعطوني جرعة ماء، وسأخبركم بكل شيء.. كل شيء.
وأتى الماء بسرعة..
وتكلّم الملازم (ثابت).

☆☆☆

الفصل الثامن

الخميس: الثامن من رمضان ١٣٩٣هـ - الرابع من اكتوبر ١٩٧٣م، السادسة والنصف مساءً.

☆☆☆

اختفى الصـــقور الثلاثـة خلف تبة رملية، تولجت تلك الواحة الصـغيرة في قلب (ســيناء)، ورحوا يراقبون الإســرائيليين، الذين شـيَّدوا إحدى مسـتعمراتهم حولها، وأنشـــئوا فيها مقهى صـــغير، ومطعمًا بدائيًا؛ لخدمة الـدوريـات، التي تجوب (ســينـاء) ليلاً ونهـارًا، وألقى (عماد) نظرة على ساعته، وهو يقول في خفوت:

- لو ســارت الأمور على النمط نفســه، الذي تسـير عليه منذ ساعتين، فهذا يعني أننا سنرى (جيب) إسرائيلية بعد قليل.

كانوا يرتدون ثياب البدو، ويحملون مدافعهم الآلية، وبدا (كمال) قلقًا، وهو يقول:

- إننا هنا على بعد ثلاثين مترًا، من النقطة التي يتوقفون عندها، والمكان منبسط للغاية، فكيف ننجح في الوصـول إليهم، دون أن يلاحظون اقترابنا؟

أجابه (مأمون) في سخرية:

- لهذا انتظرنا حلول الليل أيها الذكي.

كـان (كمـال) يعلم أنــه ليس من المفروض أن ينـاقش ضابطًا، إلا أنه لم يملك أمر نفسه، وهو يقول في حدة:

- ونحن ترتدي ثيابًا بيضــاء، تكاد تشعَ ضـوءًا، من شـدة نظافتها.

قال (مأمون) في غضب:

- كيف تتحدَّث إلي بهذا الأسلوب أيها الجندي؟

انعقد حاجبا (عماد)، وهو يقول في صرامة:
- كفي.. لن ندخل في مشاجرة سخيفة الآن.
ثم أشار بعيدًا، وهو يستطرد:
- لقد وصلت (الجيب).
التفتا إلى حيث يشير، وبدت لهما مصابيح (الجيب)، وهي تقترب من المستعمرة الصغيرة، فانحبست أنفاسهم، وهمس (كمال) في انفعال:
- هل نهاجمها الآن؟
هزَّ (عماد) رأسه نفيًا، وقال:
- كلَّا.. سننتظر حتى تقف، ويدخل الضابط والجنود، لتناول طعامهم.
غمغم (مأمون) في سخط:
- لا يروق لي هذا الأسلوب.
أجابه (عماد) في حزم:
- تذكَّر أنها ليست مهمتنا الرئيسية، بل مهمة فرعية؛ لاستكمال الاستعدادات، وليس من الحكمة أن نحوّلها إلى معركة، قد نخسر فيها فردًا آخر.
أومأ (مأمون) برأسه متفهمًا، وغمغم:
- أنت على حق.
ران عليهم الصمت تمامًا، حتى تجاوزتهم (الجيب)، وتوقفت بالفعل أمام بناء صغير، في بداية المستعمرة، وغادرها الضابط وجنديان، في حين هبط منها الجندي الثالث، ليقف بمدفعه أمام (الجيب)، فغمغم (كمال):
- لقد تركوا أحدهم للحراسة.
قال (عماد) في ضيق:
- هذا يزيد الأمر تعقيدًا.
هز (كمال) كتفيه، وقال في حزم:

- ليس إلى هذا الحد.

سأله (عماد):

- كيف يمكنك أن تصـــل إلى (الجيب) إذن، عبر ثلاثين مترًا من الرمال المنبسطة؟

راقب (كمال) الجندي لحظة، ثم نهض فجأة، قائلًا:

- هكذا؟

وقبل أن ينتبه (عماد) و(مأمون) لما يقصـده، كان قد اختطف مدفعه. ووثب خلف التبة الرملية، وانطلق يعدو بأقصى سرعة نحو السيارة، والجندي الذي يوليه ظهره، متطلعًا إلى المطعم الصغير..

وهتف (مأمون) بصوت خافت متوتر:

- ماذا يفعل هذا المجنون؟

لم ينبس (عماد) ببنت شـفة، وهو يتطلّع إلى المشــهد بأنفاس مبهورة، و(كمال) يعدو نحو الجندي، و...

وفجأة، استدار الجندى إلى (كمال)، وارتفع حاجباه لحظة في دهشة، ثم اختطف مدفعه...

وكانت المواجهة..

☆ ☆ ☆

صبّ (نوعام بنيامين) قائد جناح المخابرات في (سيناء)، كأســين من الخمر، قدم إحداهمـا إلى وزير الـدفـاع الإسرائيلي، الذي رفع كفه، قائلًا في هدوء:

- لا يا (بنيامين).. ليس أثناء العمل.

أعاد (بنيامين) الكأس إلى المنضدة، وارتشف رشفة من كأسه، وهو يقول:

- هل تعتقد أنه يقول الحقيقة يا سيدي الجنرال؟

أومأ الوزير برأسه إيجابا، وقال:

- نعم.. لقد كان الشاب منهارًا تمامًا، واعترف بأنه ضابط مصـــري، وهذا اعتراف بالغ الخطورة، فثمنه كضـــابط يختلف كثيرًا عن ثمنه كجندي، ثم إنه ضـــعيف البنية، على نحو واضـــح، ومن الطبيعي ألا يحتمل وســـائلنا الخاصة.
قال (بنيامين) :
- أقصد بالنسبة لباقي القصة.
صمت الوزير الإسرائيلي لحظة، ثم قال:
- إنها تبدو منطقية إلى حد كبير، فقد نســف المصــريون مخزنًا من مخازن ذخيرتنا بالفعل، منذ يومين، وهذا الضـــابط يقول: إنه ضـــمن الفريق، الذي نفذ هذه المهمة، وأنه ضـــلّ طريقه بعدها، والهليوكوبتر المصـــرية، التي ارتطمت بطائرتنا، كانت قادمة لانتشاله.
قال (بنيامين) في ارتياح:
- إذن فهو صادق في روايته.
رفع الوزير سبَّابته أمام وجهه، وقال:
- ليس بالضرورة.
ثم عاد إلى جلسته الهادئة، مستطردًا:
- لا يمكنك الثقة بالمصريين.. صحيح أن روايته منطقية، ولكن خبرتي تؤكد لي أن هذا الشاب يخفي شيئًا.
ابتسم (بنيامين)، وقال:
- أخالفك الرأي يا جنرال.. المصـــريون أبســـط كثيرًا مما تتصوَّر.. بل إنهم بلهاء إلى حد كبير.. تصوَّر أنهم نشروا إعلانًا، في أكبر صحفهم القومية، يدعو الضباط إلى تقديم طلبات الحج لهذا العام، دون أن يدركوا أن مخابراتنا ستفهم من هذا الإعلان، أنهم ليسوا على استعداد لخوض حرب قريبة.. أرأيت سذاجة تفوق هذا؟

رد الوزير ابتسامته بأخرى، وهو يقول في هدوء:
- إنهم ليسوا بمثل خبرتنا، في هذه الأمور.
ونهض مستطردًا :
- وهم لا يتعلمون قط.
سأله (بنيامين)، وقد أدرك نيته للانصراف:
- ماذا سنفعل بالأسير المصرى يا جنرال؟.. هل نواصل استجوابه؟
صمت الوزير لحظة، ثم هزَّ رأسه نفيًا، وهو يقول:
- كلَّا.. يكفي أن نرسله إلى معسكر الأسرى.. لست أحب تعكير صفو الجميع، حتى ينتهي عيد (كيبور).
ابتسم (بنيامين)، وقال:
- بالمناسبة يا جنرال.. كل عام وأنت بخير.. أشعر أن العيد سيكون رائعًا ومختلفًا هذا العام.
ولم يدرك لحظتها كم كان على حق.
عيد (كيبور) سيأتي بالفعل مختلفًا هذا العام...
مختلفًا إلى أقصى حد..

☆ ☆ ☆

لم يدر جندي الصاعقة (كمال)، كيف فعل ما فعل، في تلك الليلة..
لقد رأى الجندي الإسرائيلي يصوب إليه مدفعه الآلي، ويهمّ بإطلاق النار عليه، من مسافة ثلاثة أمتار، وأدرك أنه ليس من المفروض أن يتردّد دوي رصاصات في المكان، في ظل هذه الظروف..
وهنا عمل عقله بسرعة مدهشة..
ونفذ جسده الأمر بسرعة أكبر..

لقد وثب فجأة، عبر الأمتار الثلاثة، وهوى على فك الجندي الإسرائيلي بكعب مدفعه، قبل أن يضغط هذا الأخير زناد مدفعه الآلي، ويطلق رصاصة واحدة..

وارتطم الإسرائيلي بالسيارة (الجيب) في عنف، ثم سقط أمامها فاقد الوعي، ومدفعه إلى جواره...

وفي لحظات، كان (مأمون) يحتلّ مقعد قيادة (الجيب)، و(عمـاد) إلى جواره، في حين قفز (كمـال) إلى المقعـد الخلفي، وسأله (مأمون)، وهو يعود بالسيارة إلى الخلف:

ـ كيف فعلت هذا؟

أجابه (كمال)، وهو يلهث:

ـ لست أدري.

انطلق (مـأمون) بالسيـارة، متفاديًا جسـد الجندي الإسرائيلي، ورأى في مرآتها الضابط والجنديين، وهم يهرعون خارج المطعم الصغير، قبل أن يدور بالسيارة خلف التبة الرملية، ويطلق لها العنان، وهو يهتف:

ـ انتهت مشكلة السيَّارة يا رفاق.

قال (عماد) بهدوئه المعتاد، وحزمه الواضح:

ـ بل قل إننا حصلنا على السيَّارة، ولكن مشكلتها لم تنته بعد.

قال (مأمون) مستنكرًا:

ـ أية مشكلة!!.. الحصول عليها كان أكبر مشكلة.

أجابه (عماد):

ـ بل المشكلة الحقيقية هي كيفية الاحتفاظ بها، وإخفائها، حتى يحين موعد العملية.

قال (كمال) بسرعة:

ـ يمكننا أن نخفيها عند منزل (جوزاء).

هزَّ (عماد) رأسه نفيًا، وقال:

- إنه أوَّل مكان سيتعرَّض لتفتيشهم، إذا ما ربطوا بين (الجيب)، ووجود (ثابت) في (سيناء).
قال (مأمون) في حماس:
- لن يمكنهم هذا أبدًا، فلقد كنا نرتدي ثياب البدو عندما سرقناها، وسيؤكد الجندي الإسرائيلي هذا عندما يستعيد وعيه.
قال (عماد) في حزم:
- لا يمكنك الجزم بهذا، ولا يمكنني المخاطرة بإفساد العملية، من أجل خطأ كهذا.
قال (كمال) ببساطته وحماسه:
- فلنسأل (جوزاء).. هي سترشدنا حتمًا إلى كيفية إخفائها.. إنها أكثر خبرة منا بطبيعة (سيناء)، بحكم منشأها.
كانت الفكرة معقولة للغاية، فقال (مأمون)، وهو يستدير بالسيارة إلى اليمين:
- هل من اعتراض؟؟ لا يوجد.. إذن الموافقة اجماعية.. سننطلق إلى دار المرحوم (حَمَد).
انطلقت بهم (الجيب)، تشق رمال الصحراء، حتى بلغت دار (حَمَد)، وهناك استقبلتهم أم (جوزاء) في لهفة، وهي تسأل:
- هل صادفتكم متاعب؟
أجابها (كمال)، في صوت يحمل رنة زهو واضحة:
- كلَّا تقريبًا.. لقد نفذنا العملية بنجاح.
وسألها (مأمون) في اهتمام:
- هل تعرفين وسيلة لإخفاء (الجيب) هنا، أو في مكان آخر، بحيث يمكننا استعادتها، عندما تحين اللحظة المناسبة؟

عقدت المرأة حـاجـبـيـهـا لحظـات، في تفكير عميق، ثم أجابت:

- (جوزاء) وحدها يمكنها إفادتكم، في هذا الأمر؛ فوالدها - رحمه الله - كان يعلمها كل شـــيء، ويعتبر ها ذراعه اليمنى، فنحن لم ننجب ذكورًا كما تعلمون.

سألها (عماد):

- وأين هي (جوزاء)؟

تردَّدت المرأة لحظات، ثم قالت في ارتباك:

- هناك جندي إسرائيلي، من جنود السـجن الحربي، كان يعمل لحسـاب زوجي، وقد حضـر منذ قليل، وقال إنهم سينقلون الملازم (ثابت)، إلى معسكر الأسرى الشرقي.

هتف (كمال) في سعادة:

- الملازم (ثابت)؟!.. أهو حي؟.. حمدًا لله.

أما (عماد)، فقد سألها في توتر:

- وما شأن (جوزاء) بهذا؟

ارتبكت المرأة أكثر، وهي تقول:

- إنها مجنونة.. لقد ذهبت لملاقاة سيارة نقل الأسرى، في الطريق الذي يربط ما بين السـجن الحربي ومعسـكر الأسرى، وقالت إنها ستحاول إنقاذه.

هتف (مأمون) مستنكرًا:

- إنقاذ من؟

وصاح (كمال) في هلع:

- هل ذهبت وحدها؟

ترقرقت الدموع في عيني المرأة، وقالت:

- نعم.. وحدها.. ومعها مدفع آلي وقنبلة يدوية واحدة.

اتســـعت عيون الجميع في دهشـــة وذعر، وأدركوا أن (جوزاء) هذه مجنونة..

مجنونة بحق..

☆☆☆

شعر الملازم (ثابت) بآلام مبرحة، في أنحاء متفرقة من جسده، وهو يحاول التشبث بذلك المقعد الخشبي، الذي يجلس فوقه، داخل سيارة كبيرة، مخصصة لنقل الأسرى، في محاولة لتخفيف أثر الارتجاج العنيف، الناشئ من انطلاق السيارة بسرعة كبيرة، فوق رمال (سيناء)، وتطلَّع في صمت إلى الجنود الإسرائيليين الأربعة، الذين يصوبون إليه فوهات مدافعهم الآلية في تحفز، كما لو كان مجرمًا بالغ الخطورة، أو رئيس كتيبة مقاومة فلسطينية..

كان هناك اثنان يجلسان في مواجهته، والآخران على جانبيه، مما جعله يبتسم في تهالك، وهو يلقى نظرة على السيارة (الجيب) التي تتبع سيارة نقل الأسرى، وعلى متنها ثلاثة جنود، يحملون أيضًا المدافع الآلية..

وفجأة، وجد نفسه يطلق ضحكة..

ضحكة قصيرة ساخرة، جعلت الجنود الأربعة يتطلّعون إليه في دهشة، قبل أن يقول أحدهم بلغة عربية واضحة:

- ما الذي يضحكك؟.. هل يسعدك أن تنتقل إلى معسكر الأسرى؟

أجابه (ثابت)، وهو يتحسَّس أنفه المتورّم:

- بل يدهشني أن يقوم على حراستي سبعة جنود مسلحين، بخلاف ضابط وسائقين.

قال الجندي في غرور:

- ستكون فرقة إعدامك مكونة من العدد نفسه أيها المصري.

لم تثر كلمة الإعدام أي شيء في نفسه، فتطلَّع إلى الجندي في هدوء، وسأله:

- أنت أيضًـا مصـري.. أليس كذلك؟.. لهجتك تشـفّ عن أصلك؟

أجابه الجندي الإسرائيلي في استعلاء:

- كلَّا.. أنا إسـرائيلي، شـاء سـوء حظي أن أولد وأقضـي فترة الطفولة، على أرض (مصر)، قبل أن تـهاجر أسرتي إلى هنا.

سأله (ثابت):

- وهل تظن وجودك هنا من حسن الحظ؟

قبل أن يجيب الجندي، عقد جندي آخر حـاجبيـه، وقـال بالعبرية في صرامة:

- لا تتحدَّث مع الأسير بالعربية.. هذا يخالف الأوامر.

ارتبك الجندي الأوَّل، وغمغم:

- نعم.. بالتأكيد.

قالها وتراجع بظهره إلى الخلف..

وفي نفس اللحظة، دوى الانفجار..

قنبلة انفجرت في (الجيب) الإسـرائيلية، وجندلت من فيها في لحظة واحدة..

وفي ثورة، صــــرخ الجندي، وهو يرفع مدفعه في وجه (ثابت):

- كمين.. لقد أوقعتنا في كمين.

ودوت الرصاصات في المكان كله.

☆☆☆

الفصل التاسع

الخميس: الثامن من رمضان ١٣٩٣هـ - الرابع من أكتوبر ١٩٧٣م، العاشرة والنصف مساءً.

☆☆☆

توقفت الدورية الإسرائيلية أمام منزل (حَمَد)، وهبط منها ذلك الملازم الإسرائيلي الضخم الجثة، وركل باب المنزل بقدمه في غلظة، وهو يهتف:

- ماذا تخفين هذه المرة أيتها البدوية؟

انتفضت أم (جوزاء) وشقيقتها (هادية)، وهتفت الأخيرة في حدة:

- ما هكذا تقتحم الديار يارجل!

صاح بها في قسوة:

- اخرسي يا فتاة، وإلا انتزعت لسانك من حلقك؛ لأعلمك كيف تخاطبين ضابطًا من جيش الدفاع.

ثم استدار إلى أمها، مستطردًا في حدة:

- أين السيارة (الجيب)؟

قالت مرتجفة:

- أية (الجيب)؟!

استل مسدسه في حركة سريعة، وألصقه بجبهتها، وهو يقول:

- (الجيب) التي سرقت هذا المساء، من أمام مستعمرة (شلوشة).. لقد تتبعنا آثارها إلى هنا.

قالت الأم مضطربة:

- لست أدري عم تتحدَّث.. لقد جاء ثلاثة رجال إلى هنا، في سيارة (جيب)، وتناولوا بعض الماء، ثم انصرفوا.. وكانوا يرتدون ثيابًا عسكرية، كثيابكم.

صرخ في وجهها:

ـ تكذبين يا امرأة.

ثم جذب إبرة مسدسه، وهو يستطرد في حدة:

ـ أريد الحقيقة، أو أنسف رأسك برصاص مسدسي.

قالت وقلبها يخفق في قوة، مع ملمس الفوهة المعدنية الباردة على جبينها:

ـ هذه هي الحقيقة كلها.

انعقد حاجباه في غضب هادر، حتى صار مخيفًا، وهو يقول:

ـ هكذا؟!

ثم التفت إلى (هادية)، وقال بصوت هادر مخيف:

ـ وأنت؟.. هل ستعترفين بالحقيقة، أم تحذين حذوها؟

قالت (هادية) في تصميم:

ـ ما ذكرته أمي هو الحقيقة الكاملة، حتى ولو لم ترق لك.

ازداد انعقاد حاجبيه، حتى بدا أشبه بشيطان رجيم، وهو يقول:

ـ فليكن.. لقد حذرتكما.

وارتجف قلباهما..

ارتجفا في عنف..

☆☆☆

رأي (ثابت) فوهة المدفع أمام عينيه مباشرة، فانحنى بحركة غريزية، وصمّ دوي الرصاصات أذنيه، وهي تعبر فوق رأسه، وامتزج بدوي رصاصات مدفع آلي آخر، أتى من فوق التبة القريبة، وانهالت النيران على كابينة قيادة سيارة نقل الأسرى..

وكانت فرصة نادرة..

فرصة استغلها (ثابت) جيدًا، فدفع قدمه في وجه الجندي أمامه، ثم مال جانبًا، ليتفادى ضربة الجندي الثاني، ولكم الثالث بيمناه في قوة، ثم اندفع يثب خارج السيارة..

وقفز الجنود الأربعة خلفه، في اللحظة التي سمع فيها صوتًا يهتف:

- (ثابت).. من هنا.

أدهشة الصوت، فور معرفته لصاحبته، ولكنه أسرع إلى مصدره، ورصاصات الإسرائيليين تدوي خلفه.

وظهرت (جوزاء) من خلف التبة..

ظهرت تمطر الإسرائيليين الأربعة بر صاصات مدفعها، في نفس الوقت الذي ظهر فيه الضابط الإسرائيلي، الذي نجا من الهجوم على كابينة القيادة، وهو يهتف بجنوده:

- لا تسمحوا لهم باستعادة الأسير.

منح هذا النداء الجنود الأربعة قوة إضافية، فألقوا بنيرانهم نحو (جوزاء) في شراسة، إلا أن (ثابت) نجح في الوصول إليها، ووثب يحتمي بالتبة من رصاصاتهم، وهو يهتف:

- أين الرفاق؟

أجابته في توتر:

- لقد أتيت وحدي.

اتسعت عيناه في دهشة وذعر، وهو يهتف:

- وحدك؟

ثم انتزع المدفع الآلي منها، قائلًا:

- فليكن.. لا مجال للتراجع الآن.. اتركي لي هذا.. أنا أجيد استخدامه أكثر.

وهبّ يتبادل مع الإسرائيليين الأربعة النيران..

ولكن الإسرائيليين كانوا مقاتلين بارعين..

وأذكياء..
لقد تحرَّكوا في خمس محاور، وخططوا لمحاصرة (ثابت) و(جوزاء)، بعد أن أدركوا أنهم يقاتلون فردين لا أكثر، وبسلاح واحد..
وأدرك (ثابت) هدفهم، فقال:
- لابد لنا من الابتعاد بسرعة، وإلا فسيحاصروننا خلال دقائق.
عضت شفتها السفلى في مرارة، وهي تقول:
- الابتعاد ليس ممكنًا، فلو صعدنا التبة الأخرى، سنصبح هدفًا سهلًا، في ضوء القمر، خاصة وأن الليلة صافية، والسماء بلا غيوم تقريبًا.
شعر بتوتر شديد مع إجابتها، التي تعني أنه ما من فائدة.. سيكمل الإسرائيليون حصارهم، حتى يوقعوا بهما..
ولكن حتى هذه الفكرة، لم تدفعه إلى الاستسلام..
لقد برز من خلف التبة مرة أخرى، وأطلق رصاصاته..
وفي هذه المرة أصاب أحدهم..
وسقط الإسرائيلي صريعًا، ولكن زملاءه واصلوا التفافهم وحصارهم، فغمغت (جوزاء):
- لا فائدة.. لقد حاولت، وفشلت.
قال (ثابت) في حزم:
- لم تنته المعركة بعد.
وفجأة، ومع آخر حروف عبارته، ظهرت أضواء سيارة أخرى، قادمة من بعيد، فهتف الضابط الإسرائيلي في ارتياح:
- ها هي ذي سيارة الدورية.. ستوقع بهما حتمًا.

ولكن السيارة الأخرى لم تكد تقترب، حتى وثب منها الصقور الثلاثة، وارتفعت فوهات مدافعهم الآلية في وجه الإسرائيليين..

وهوت الرصاصات كالمطر..

وفي هذه المرة، ومع المفاجأة غير المتوقعة، حصدت نيران المصريين أرواح الإسرائيليين، وأرسلتهم إلى غياهب الجحيم، قبل أن يهتف (كمال) في حرارة:

- سيادة الملازم (ثابت).. أين أنت؟

هتف (ثابت) في سعادة، عندما ميز صوته:

- إنهم الرفاق.. حمدًا الله.. لقد التقينا ثانية.

أسرع يعدو إليهم، من خلف التبة، وخلفه (جوزاء)، وتعانق الصقور الأربعة في حماس ولهفة وحرارة، وقال (كمال) في انفعال جارف، وغضب واضح:

- ماذا فعل بك هؤلاء الحقراء؟!... إنك محطم تمامًا.

أجابه (ثابت) في سعادة:

- ربما حطموا جسدي، ولكن معنوياتي مازالت مرتفعة يا رجل.

سأله (عماد) في اهتمام:

- وهل أخبرتهم بشيء؟

أجابه مبتسمًا:

- بالطبع.. احتملت حتى آخر مدى، ثم أخبرتهم القصة الأخرى، التي لقنونا إياها في مركز التدريب، وأضفت إليها أن الهليوكوبتر المصرية، التي عثروا عليها محطمة، إلى جوار طائرتهم، كانت في طريقها لانتشالي.

بدأ الارتياح على وجه (عماد)، وهو يقول:

- عظيم.. كنت أخشى أن..

لم يتمّ عبارته، ولكن (كمال) قال في حماس:

- مستحيل!.. سيادة الملازم (ثابت) صلب كالفولاذ.

ضحك (مأمون) وقال:

- على الرغم من أنه راقص باليه.

حدَّقت (جوزاء) في وجه (ثابت) في هلع، وهي تهتف مستنكرة:

- راقص باليه؟!.. أي مزاح هذا؟

استدار إليها (ثابت)، وقال في بساطة:

- إنه ليس مزاحًا.. أنا بالفعل راقص باليه.

اتسعت عيناها في ارتياع، ثم أشاحت بوجهها، وقالت في حدة:

- فليكن.. هذا شـــأنهم في الجيش المصـــري.. المهم أنكم نجحتم في الحصول على (الجيب) كما أرى.

أجابها (مأمون):

- نعم.. ولكننا لســـنا ندري أين نخفيها، حتى يحين موعد العملية؟

قال (ثابت) في اهتمام:

- بالمناسـبة.. لقد اسـتجوبني وزير الدفاع الإســرائيلي بنفسه.

تفجَّرت الكلمة كالقنبلة، واتسـعت عيونهم في ذهول، قبل أن يسأله (عماد)، في توتر واضح.

- ماذا تقول يا رجل؟.. وزير الدفاع الإسـرائيلي هنا.. في (سيناء)؟!

أجابة (ثابت):

- نعم.. أتى لتهنئة الجنود بعيد (كيبور)، الذي سيحين بعد يومين، ثم استغل الفرصة لاستجوابي.

قال (مأمون) في قلق :

- أو أنهم يعرفون شيئًا ما عن العملية.

انعقد حاجبا (عماد)، وقال:

- لابد من الاتصــال بـــ (القاهرة) على الفور.. من الضروري أن يكونوا على علم بهذه التطورات.

قالت (جوزاء) في سرعة:

- لدينا جهاز إرســال قوي في المخبأ الســري.. هل يجيد أحدكم استخدامه؟

أجابها (كمال) بسرعة:

- كلنا.. هذا جزء من تدريباتنا.

ثم ارتسم الهلع على وجهه، وهو يهتف:

- سيادة الملازم.. ماذا أصابك؟!

التفت الجميع إلى حيث ينظر، ورأوا الملازم (ثابت) يترنح في شـــدة، ثم يهوي، فاندفع (كمال) يلتقطه بين ذراعيه، وهتفت (جوزاء):

- ماذا حدث؟!

أجابها (عماد) في إشفاق:

- لقد فقد الوعي.. مسكين.. لقد عانى الكثير بحق.

ثم اعتدل قائلًا:

- هيا.. ســنحمله إلى (الجيب)، وننطلق على الفور إلى منزلك يا (جوزاء).. لابد أن تصـــل هذه المعلومات إلى القاهرة الليلة.

ولم تمض دقائق، حتى انطلقت (الجيب) فوق رمـال (سيناء)، وراحت تشق طريقها على الأرض المصرية المحتلة، حتى بدا منزل (حَمَد) من بعيد، فقالت (جوزاء):

- فور وصولنا، سأرشدكم إلى مخبأ جهاز الإرسال، و... بترت عبارتها بغتة، عندما لاحظت تلك الأدخنة، التي تتصاعد من المنزل، وهتفت في جزع:

- ماذا حدث؟

زاد (مأمون) من سـرعة السـيارة، حتى بلغ المنزل، فوثبت منها (جوزاء)، واندفعت إلى الداخل، وهي تصرخ :

- أمي.. (هادية).. أين أنتما؟!

هتف (عماد)، في اللحظة نفسها:

- أسرعا.. لا ينبغي أن نتركها وحدها، في هذه اللحظة.

وغادر مع (مأمون) السيارة، وأسرعا إليها، في حين بقى (كمال) مع (ثابت) الفاقد الوعى داخل السيارة..

وفجأة، سمع (كمال) صرخة مدوية، تنطلق من داخل منزل (حَمَد)..

وسرت في جسده قشعريرة باردة..

لقد فهم على الفور سر تلك الصرخة الملتاع، التي أطلقتها (جوزاء) ..

وكان يعلم أنها قد شاهدت مشهدًا مروعًا..

مروعًا بحق.

☆☆☆

الفصل العاشر

الجمعة: التاسع من رمضان ١٣٩٣هـ - الخامس من أكتوبر ١٩٧٣م، التاسعة والربع صباحًا.

☆☆☆

شعر الملازم (ثابت) بسائل لزج ينسكب في فمه، فأشاح بوجهه مقاومًا، وهو يتمتم:

- لا.. أنا صائم.

ولكن السائل سال إلى حلقه، ووجد نفسه يبتلعه مرغمًا، ففتح عينيه في صعوبة، وحدَّق في وجه العجوز، التي تسند رأسه إلى ركبتيها، وتسقية ذلك المشروب المر المذاق، وغمغم:

- من أنت؟.. أين أنا؟

أتاه من خلفه صوت (عماد)، وهو يقول:

- أنت هنا، في منزل (عوَّاد)، خال (جوزاء).. وهذه جدتها (آمنة).

تطلَّع إليه (ثابت) في حيرة، واعتدل جالسًا، وأدار عينيه في البيت البدوي البسيط، الذي يحيط به، قبل أن يقول في حيرة:

- ومن أتى بي إلى هنا؟.. ولماذا؟

ربَّتت العجوز عليه برفق، وهي تقول في حنان:

- اشرب يا ولدي.. هذا سيقويك، ويساعد جروحك على أن تلتئم.

أشار إليها (عماد) بالصمت، وهو يجيب سؤال (ثابت)، قائلًا:

- كلنا أتينا إلى هنا.. لم يعد منزل (حَمَد) آمنا.

سأله (ثابت)، وهو يستعيد نشاطه في بطء:

- لماذا؟.. ماذا حدث؟
صمت (عماد) لحظة، ثم قال في آسى:
- لقد قتلوا أم (جوزاء) وشقيقتها (هادية).
هتف (ثابت) في انزعاج:
- الإسرائيليون؟!
أومأ (عماد) برأسه إيجابًا، وقال:
- قتلهما الأوغاد، وعثروا على جهاز اللاسلكي. وهم يبحثون عن (جوزاء) الآن، وعنا بالتبعية.
كان (ثابت) يشعر بصداع شديد، والعجوز تلحّ في حنان:
- اشرب يا ولدي.. سيفيدك هذا.. صدقني.
تناوله منها لإرضائها، وارتشف رشفة منه في صعوبة، وهو يغمغم :
- ما هذا بالضبط يا أماه؟
أجابته في عاطفة رقيقة، تفيض بالأمومة:
- دواء لأوجاعك يا ولدي.
كان المشروب مرًا للغاية، فابتسم (ثابت) وقال:
- أي طبيب وصفه؟
بدا عليها الاستنكار، وهي تقول:
- وما حاجتنا للأطباء.. البدو يداوون أنفسهم منذ الأزل، بما يحيط بهم من نباتات وأعشاب.
قال محاولًا تهدئتها:
- بالطبع يا أماه.. إنه دواء رائع.
وارتشف رشفة أخرى منه، ثم أعاده إليها، فقالت حانية:
- بالشفاء والعافية.
ابتسم لها، ثم التفت إلى (عماد)، وسأله:
- وكيف حال (جوزاء) الآن؟

هزَّ (عماد) رأســـه لحظة في صـــمت، وقال في إعجاب واضح:
- إنها فتاة عظيمة.
ثم اســتطرد بســرعة، وقد اكتســب صــوته رنة حازمة خاصة:
- لقد تعقَّدت الأمور، ولســت أدري ماذا ســـنفعل، حتى تحين لحظة الصفر.
أجابه صوت بدوي أجش:
- تبقون هنا على الرحب والسعة.
اســتدار (ثابت) يتطلَّع إلى (عوَّاد)، خال (جوزاء)، الذي بدا له متين البنيان، على الرغم من نحوله، في حين التفت إليه (عماد)، وقال:
- ليس لدينا مانع في هذا الشــأن، ولكن ألا تعتقد أن الإســرائيليين ســيقومون بحملة واســعة للتفتيش، والبحث عنا، بعد أن استعدنا (ثابت) منهم؟
مطَّ (عوَّاد) شفتيه في ازدراء، وهو يقول:
- يالهؤلاء الأوغاد.. إنهم ســيفعلون حتمًا، ولكن هذا ســـينطبق على كل نقطة يقطنها البدو في (ســيناء)، فما الفارق بين وجودكم هنا، أو في أي مكان آخر؟!.. إننا هنا سنفديكم بأرواحنا، لو حاولوا المساس بكم.
وضع (عماد) يده على كتفه، وقال:
- أهل القول يا (عوَّاد)، ولكن المهمة التي أتينا من أجلها، لها الأولوية المطلقة، وينبغي أن نعمل على إنجاحها بأية وسيلة.
سأله (عوَّاد):
- وما الوسيلة التي تقترحها؟!
أجابه بسرعة، وكأنما أعدَّ الجواب مسبقًا:

- منطقة غير مأهولة.
لم يستوعب (ثابت) في البداية ما يعنيه (عماد)، ولكن (عوَّاد) فهم على الفور، فعقد حاجبيه الكثين، وقال:
- هذه مخاطرة كبيرة، فكلمة غير مأهولة هنا تعني أنها بالغة الخطورة، ولا تصلح لحياة البشر.
أجابه (عماد):
- ولهذا السبب بالذات لن يجول بخاطر الإسرائيليين أننا نختبئ فيها.
هتف (ثابت):
- فكرة رائعة.
وقالت العجوز في سرعة، تتناقض كثيرًا مع هيكلها شبه المتداعي:
- ما رأيكم في العبّ الشرقي؟
قال (عوَّاد) في انزعاج:
- لا.. لا يمكنهم أن يذهبوا هناك يا أماه.
سأله (ثابت) في اهتمام:
- وما هذا العبّ الشرقي بالضبط؟
أجابه (عوَّاد):
- إنه مصطلح نستخدمه منذ طفولتنا، لوصف أطلال قديمة، خلف التل الشرقي.. وهي منطقة مخيفة، تسبح فوق بحر من الرمال الناعمة، وتنتشر فيها الثعابين والعقارب، على نحو شديد الخطورة.
قالت العجوز في حيوية:
- والإسرائيليون لا يذهبون إلى هناك قط.
تبادل (ثابت) و (عماد) نظرة سريعة، اتخذا خلالها قرارهما، وقال (عماد) في حزم:
- فليكن يا (عوَّاد).. سنذهب إلى العبّ الشرقي.

لم يكد يتمّ عبارته، حتى اندفع (كمال) داخل الخيمة، وقال في توتر شديد:
- دورية إسرائيلية تقترب من هنا.
اعتدل (عماد) بسرعة، وهبَّ (ثابت) واقفًا، وهو يقول:
- أين سلاحي؟ ولكن (عوَّاد) قال في حزم:
- لا تشتبكوا معهم.. اتركوهم لنا، وأسرعوا أنتم إلى العبّ الشرقي.. هناك ستحجبكم عنهم الصحراء، حتى تحين ساعة الصفر.
سأله (عماد):
- ومن يقودنا إليها؟
أجابه في حزم وسرعة:
- (جوزاء).. إنها تعرفها منذ طفولتها.
أسرع (ثابت) و(عماد) يغادران المنزل، وقفزا مع (مأمون) و(كمال) داخل سيارة (الجيب) الإسرائيلية، وجميعهم يرتدون الثياب البدوية، وقال (عوَّاد) لابنة شقيقته (جوزاء)، التي احتلت مقعد القيادة:
- قوديهم عبر الدروب الجنوبية، ودوري حول بئر (سليمان).
أومأت برأسها إيجابًا، وانطلقت بالسيارة على الفور، في حين وقف (عوَّاد) وأولاده أمام منزلهم، ينتظرون الدورية الإسرائيلية..
ولكن الأمور لم تكن تسير على النسق الذي يرغبون فيه.. ففي واحدة من سيارات الدورية الإسرائيلية الثلاث، كان أحد الإسرائيليين يضع على عينية منظاره المقرّب، وهو يهتف في لهفة:
- ها هي ذي.. السيارة المسروقة يقودها بعض البدو.
صاح قائد الدورية :

- انطلقوا خلفهم يا رجال.. سنستعيد سيارتنا على جثثهم..
وبدأت مطاردة جديدة، في قلب (سيناء)..

☆☆☆

أمسك قائد العمليات الخاصة ذقنه بسبَّابته وإبهامه، وهو يطالع خريطة ضخمة لصحراء (سيناء)، موضوعة فوق منضدة كبيرة، وأشار أحد معاونية إلى نقطة فوقها، وهو يقول:

- إنهم هنا الآن.. في منزل (عوَّاد)..

قال قائد العمليات في اهتمام:

- متى تلقيتم الاتصال؟

أجابه مساعده:

- منذ ساعه واحدة.. اتصل بنا رجلنا (صالح)، عبر جهاز الإرسال السري، الذي يخفيه أسفل منزله..

صمت قائد العمليات بعض الوقت، قبل أن يغمغم:

- أكاد أشعر بالندم، على أننا أرسلناهم مبكرًا هكذا.

قال أحد مساعديه، مشيرًا إلى نقطة أخرى على الخريطة:

- ولكنهم على مقربة من الهدف بالفعل، ويمكنهم الاختباء في أي مكان، حتى تحين اللحظة المطلوبة.

مطَّ شفتيه، قائلًا:

- لست أعتقد هذا.. لقد اشتعل فتيل الشك، في أعماق الإسرائيلين، ولديهم الآن أكثر من مبرّر لرفع حالة الطوارئ في قلب (سيناء).. الهليوكوبتر التى انفجرت، والسيارة (الجيب) المسروقة، وفرار (ثابت).. لو أنني في موضعهم، لأقسمت أنه هناك أمر ما يدَّبر في الجوار.

قال مساعده:

- حتى هذا الاحتمال لم يكن بعيدًا يا سيدي، عندما خططنا للعملية.. صحيح أنهم سيدركون حتمية وجود شيء ما، ولكن تفكيرهم سينحصر في عمليات حرب الاستنزاف المحدودة، ولن يقفز أبدًا إلى أنها عملية تمهيدية، لهجوم شامل وشيك.

أومأ القائد برأسه إيجابًا، وقال:

- أتعشم هذا.

ثم اعتدل، مستطردًا:

- ولكننا سنرسل آخر التطورات إلى السيد رئيس الجمهورية، ووزير الحربية، طبقًا للتعليمات، وسننتظر أوامرهما بشأن استمرار العملية.

وصمت لحظة، ثم أضاف في أسف:

- أو إلغائها..

☆ ☆ ☆

"إنهم يتبعوننا"..

نطقتها (جوزاء) في صمود عجيب، وهي تنطلق بالسيارة، نحو الأطلال الشرقية، فقال (مأمون) في حزم:

- دعيني أقود السيارة، فأنت تقودينها بسرعة بطيئة، ستجعلنا نصل إلى ذلك العبّ الشرقي بعدهم.

أجابته في صرامة عنيفة، لا تتفق مع أنوثتها:

- ولو قدتها أنت بسرعة كبيرة، لن نصل أبدًا.

انعقد حاجباه في غضب، وهو يهتف:

- كيف تتحدثين إليَّ هكذا؟.. ما من امرأة تتحدَّث إليَّ بهذا الأسلوب؟

لم يكد يتمّ عبارته، حتى تناهى إلى مسامعهم دوي رصاصات من بعيد، وهتف (كمال):

- ربَّاه.. الشيخ (عوَّاد) وأولاده اشتبكوا مع الدورية.

ضغطت (جوزاء) فرامل السيارة بحركة آلية، والتفتت مع الجميع إلى حيث منزل خالها (عوَّاد)، ورأوا الرجل وأبناءه، وقد أخرجوا أسلحتهم من مخابئها، وراحوا يتبادلون النيران مع الدورية الإسرائيلية، فهتف (ثابت):

- لن يمكنهم التصدّي لهم.. الإسرائيليون يفوقونهم عددًا وخبرة.

وقال (كمال) في انفعال :

- لابد أن نعود لمعاونتهم.

ترقرقت الدموع في عينيها، وهي تقول:

- لا أظن هذا ممكنًا، فمهمتكم الأساسية لها الأولوية، مهما كان الثمن.

قال (مأمون) في أسى:

- ولكنني أرغب في العودة.. لن نتخلّى عنهم.

وهتف (كمال):

- ما رأيك أيها القائد؟

استدارت العيون كلها إلى (عماد)، الذي صار بحكم موقعه صاحب القرار في هذا الموقف..

القرار الوحيد.

☆ ☆ ☆

كانت الدورية الإسرائيلية تضم أكثر من خمسة عشر رجلًا، كلهم يحملون المدافع الآلية، والقنابل..

والشيخ (عوَّاد) له ستة أبناء، ويمتلك أربعة مدافع آلية وعدة مسدسات، وقنبلة يدوية واحدة..

ولكنه اتخذ قراره بلا تردّد..

كان يعلم أن هؤلاء الصقور المصريين الأربعة، قد أتوا من أجل تنفيذ مهمة بالغة السرية والخطورة..

وكانت غريزته تؤكد له أن هذه المهمة ترتبط - بشكل أو بآخر- باللحظة التي طال انتظاره لها..
لحظة اندلاع الحرب الشاملة..
ولهذا صاح في أولاده الستة بكل حزم وحسم:
- الإسـرائيليون يطاردونهم.. دعونا نعترض طريقهم يا أبنائي.
وقفز إلى بقعة من الأرض، وراح يحفرها في همة، ثم أخرج منها صندوقًا يحوي أسلحته، فوزعها على أولاده الستة، واختصّ نفسه بالقنبلة مع مسدسين، وهو يهتف في تفانٍ منقطع النظير:
- هيَّا يا أبنائي.. من أجل (مصر)..
وكانت مفاجأة حقيقية للدورية الإسرائيلية..
لقد كانت تطارد الهاربين في الشـرق، فأتاها الهجوم من الشمال..
و بقنبلته الوحيدة، نسف (عوَّاد) سيارة القيادة، ثم راح يطلق نيران مسدسه على من تبقّى من ركابها، في حين أفرغ أولاده الستة رصاصات مدافعهم الآلية في وجوه وصدور رجال الدورية..
ولكن الإسرائيليين لم يكونوا أقل إتقانًا وقوة..
لقد بادلوا النيران بالنيران، وأمطروا (عوَّاد) وأولاده رصاصات من مدافعهم أيضًا، ثم أضافوا إليها قنابلهم اليدوية، وخبراتهم القتالية، و...
ومالت الكفة إليهم.
لقد استشهد ثلاثة من أبناء (عوَّاد) في الهجوم الأوَّل، وأصيب الرابع إصابة بالغة، مع الدقيقة الثانية، وأصابته هو نفسه رصاصة في كتفه، وثانية في ساقه، ولكنه لم

يتوقف لحظة عن إطلاق النار، بعد أن رأى بنفسه سبعة من الإسرائيليين يلقون مصرعهم أمامه..

وفجأة، عادت كفة الميزان تميل إليه..

لقد ظهرت سيارة المصريين، وهي تندفع إلى ساحة المعركة، وعلى متنها هؤلاء العمالقة، الذين اشتركوا في القتال بغتة..

وأصبح الإسرائيليون الباقون بين المطرقة و السندان، والنيران تأتيهم من الشرق والشمال..

ولكنهم لم يتراجعوا..

لقد قاتلوا..

وقاتلوا في شراسة..

وسقط (عوَّاد) شهيدًا، ولحق به واحد آخر من أبنائه، في حين راح الإسرائيليون يلقون قنابلهم اليدوية نحو سيارة الصقور، الذين يجيبون بالمثل..

ودوت الانفجارات في كل مكان، و(مأمون) يهتف:

- ربَّاه!.. يبدو أننا فتحنا أبواب الجحيم يا رفاق.

صاح (ثابت):

- نعم.. وسنرسل كل هؤلاء الإسرائيليين إليه.

لم يكد يتمّ عبارته، حتى سقطت قنبلة يدوية إسرائيلية تحت قدمه، فصرخ (كمال):

- احترس يا سيادة الملازم.

وقبل أن يتحرَّك أحدهم، كان (كمال) يختطف القنبلة، ويلقي بها بكل قوته نحو أقرب سيارة للإسرائيليين..

ولكن حركته هذه، جعلت جسده كله مكشوفًا لنيرانهم..

ولم يكن هناك بد مما حدث..

لقد شعر بالرصاصات كأعمدة نارية تخترق صدره، وعنقه، وذراعيه، واتسعت عيناه في ألم، مع دوي انفجار

القنبلة، التي أطاحت بسيارة الإسرائيليين، وبكل من تبقى منهم..

واصطبغت الدنيا كلها بلون أحمر، أمام عيني (كمال)، وهو يتهاوى في أرضية السيارة، واستقبله (ثابت) بين ذراعيه، وهو يهتف:

- (كمال).. تماسك يا (كمال).

ولكن (كمال) كان يشعر بآلام مبرحة، في كل خلية من خلاياه، مما جعله يتمتم:

- سأحاول يا سيادة الملازم.. سأحاول.

قفزت (جوزاء) من مقعدها وهي تهتف:

- إنه يحتاج إلى إسعاف عاجل.

ابتسم (كمال) في صعوبة، وغمغم:

- هل هزمناهم؟

أجابه (مأمون) في انفعال:

- نعم يا بطل.. أنت وضعت اللمسة الأخيرة للمعركة.

ارتجفت ابتسامته، وهو يقول:

- عظيم.. أخبروا أمي بهذا.

هتف (عماد):

- ستخبرها بنفسك بإذن الله يا (كمال).

تطلَّع إليه (كمال)، وحاول أن يبتسم، و..

وانتهى كل شيء في لحظة واحدة..

وسالت الدماء الطاهرة على رمال (سيناء).

☆ ☆ ☆

الفصل الحادي عشر

الجمعة: التاسع من رمضان ١٣٩٣هـ - الخامس من أكتوبر ١٩٧٣م، الثانية والنصف بعد الظهر.

☆☆☆

ضم (مأمون) ركبتيه إلى صدره، وهو يستند بظهره إلى جدار الأطلال القديمة، في العبّ الشرقي، وقاوم في صعوبة تلك الرغبة في البكاء، التي تتصارع في صدره، وتندفع إلى عينيه في شراسة، ولاذ بالصمت التام، حتى شعر بـ (عماد) يجلس إلى جواره، وهو يقول في خفوت:

- الأمر لا يحتمل هذا.. إنها ليست المرة الأولى، التي تفقد فيها زميلًا.

أومأ (مأمون) برأسه موافقًا، وهمّ بقول شيء ما، ولكن منعته تلك الغصّة في حلقه، فاكتفى بفتح شفتيه وإغلاقهما، مع همهمة غير ذات معنى، فربَّت (عماد) على كتفه، وقال:

- الحقيقة أنني أشاركك مشاعرك هذه، فلقد أحببنا جميعًا (كمال) (رحمه الله)، ولكن هكذا الحياة.. لقد خرجنا في مهمة محدودة، نعلم جيدًا مدى ما يحيط بها من مخاطر، كما ندرك أهميتها للوطن.. وفي مثل هذه المهام، يحمل المرء عادة روحه على كفه، ويفعل كل من يشاركونه المثل.. هذا أمر مالوف في عملنا وعالمنا.

نجح (مأمون) أخيرًا في التحدث، فغمغم في صعوبة:

- أعلم هذا، ولكنني عاجز عن الاحتمال لأوَّل مرة في حياتي.. لقد كنت فظًا في معاملته، على الرغم من احترامي له، وإعجابي به.. كم أتمنى لو أمكنني أن أعتذر له الآن، على كل ما فعلته به.

قال (عماد)، وهو يسند ظهره بدوره إلى الجدار:

- إنك لم تفعل ما يستحق الاعتذار، ولكن عقولنا تجسم لنا الكثير من الأمور العادية، في لحظات الحزن والفرح.

وشرد ببصره لحظات، قبل أن يستطرد:

- ثم من يدري.. ربما التقينا به بعد ساعات.

كان المعنى الذي يقصده واضحًا، ولكنه أثار دهشة (مأمون)، فالتفت إليه متسائلًا، وهم بالتعليق على عبارته، لولا أن ظهرت (جوزاء) فجأة، وهي تقول:

- ماذا سنفعل بشأن العملية؟

سألها (عماد):

- ماذا تقصدين؟

أجابته بلهجة جامدة جافة، تحمل شيئًا من الخشونة:

- أقصد كيف ستواصلون المهمة، بعد أن فقدنا (كمال)؟

أجابها في لهجة جافة، مشابهة للهجتها:

- سبق أن أخبرتك أنه هناك عدد من الخطط البديلة.. سنلغي دور المراقب الخارجي، فيقود (ثابت) السيارة، ويجلس (مأمون) إلى جواره، وأبقى أنا في المقعد الخلفي.. إنها خطة تعتمد على وجود ثلاثة أفراد بدلًا من أربعة .

قالت في غلظة :

- ولماذا لا يكونون أربعة؟

أجاب في صرامة :

- فكرة اشتراكك في العملية مرفوضة تمامًا.

قالت في شراسة عجيبة:

- لماذا؟.. سأرتدي زي سكرتيرة عسكرية إسرائيلية، ثم إنني أجيد العبرية، و...

قاطعها في حزم :

ـ مستحيل!

أطل من عينيها غضب شديد، وهي تقول :

ـ اسـمـع يا هذا.. لقد فقدت سـبـعـة من أفراد عائلتي في سـاعات معدودة، من أجل هذه العملية، ومن حقي أن أشـارك فيها، فإما أن أنجح فلا يذهب موت عائلتي هباءً أو أفشل فألحق بهم.

قال (عماد) في إصرار:

ـ هذه الروح وحدها تكفي لرفض مطلبك تمامًا.. إننا بصـدد عملية دقيقة، بالغة الأهمية والخطورة، ومن الخطر، كل الخطر، خوضها بهدف الثأر الشخصي..

صاحت في حدة:

ـ سأذهب على الرغم منكم.. لن أبقى هنا وحدي.

انعقد حاجباه في صرامة مخيفة، وهو يقول:

ـ لو أنك تصرين على إفساد العملية، فهذا يعني أنه لم يعد أمامي سوى حل واحد.

ورفع فوهة مسدسه نحوها، مستطردًا في عنف :

ـ أن أقتلك.

هتف به (ثابت) :

ـ ماذا تقول؟

واحتقن وجه (جوزاء)، وهي تهتف:

ـ إنه يحاول إخافتي.

أجابها (عماد):

ـ كلّا.. إنني أقصـد كل حرف نطقت به.. هذه العملية لا تحتمل العناد والمكابرة، وفشـلـها قد يهدر أرواح المئات، وربما الآلاف، من طيارينا ومقاتلينا.. وربما يتسـبَّب في خسـارتنا لأول مواجهة عادلة، بيننا وبين الإسـرائيليين،

ولن أضحي بها مهما كان الثمن، وسأقتل كل من يحاول اعتراض طريق نجاحها، حتى ولو بحسن نية.
كان يتحدَّث في غضب صارم، حتى أن الخوف سرى في عروقها بالفعل، فحدَّقت في وجهه لحظة، ثم هبَّت من مكانها، وانطلقت تعدو مبتعدة، واختفت خلف تبة قريبة، وران صمت تام على الأطلال، قبل أن يغمغم (ثابت):
- لقد كنت شديد القسوة معها.
أجاب (عماد) في حزم :
- لم يكن هناك مفرّ من هذا.
أشار (مأمون) بكفه، وهو يقول:
- ترى إلى أين ذهبت؟
أجابه (عماد) في هدوء :
- ستختفي بعض الوقت.
سأله:
- لماذا؟
تبادل (عماد) نظرة سريعة مع (ثابت)، ثم قال في اقتضاب :
- لتبكي..
رفع (مأمون) حاجبيه، وهو يقول في دهشة:
- تبكي؟!
كانت تبدو له قوية صلبة، حتى أنه لم يتصوَّرها تبكي أبدًا..
وفي هذه اللحظة فقط، وهو ينطق كلمته المندهشة، شعر (مأمون) أنها أنثي..
وأنثى فاتنة أيضًا..
وفجأة أيضًا، خفق قلبه من أجلها..
لم يدر لماذا حدث هذا؟ ..

ولا كيف؟..
بل إنه لم يحاول حتى سؤال نفسه.
فقط نهض في بطء، وهو يقول:
- إنها تحتاج إذن إلى من يشدّ من أزرها.
واتجه في خطوات سريعة إلى التبة، ولم يكد يتجاوزها، حتى رآها هناك، تستند إلى صخرة كبيرة، وتدفن وجهها في ركبتيها المضمومتين، لتنهمر بينهما دموعها..
وشعر نحوها بحنان جارف، جعله يتجه إليها، ويهمس:
- هل تبكين؟
جفلت لصوته، ورفعت إليه عينيها الدامعتين في دهشة وانزعاج، ثم أسرعت تجفف دموعها، وهي تقول في عصبية:
- لماذا أتيت؟
ابتسم في رقة لم تعهدها منه، وهو يقول:
- شعرت أنك بحاجة إلى صديق.
قالها وهو يجلس إلى جوارها، فتطلَّعت إليه في دهشة، ثم ابتعدت قليلًا عنه، وهي تغمغم:
- صديق؟.!
ابتسم قائلًا:
- أيراودك الشك في هذا؟
تطلَّعت إليه لحظة في حيرة، ثم أشاحت بوجهها، مغمغمة:
- لم أعد أدري أي شيء يراودني بالضبط!
تأملها لحظات، ثم قال في خفوت:
- أتعلمين أنك فاتنة؟
التفتت إليه بدهشة بالغة، ورأى حاجبيها ينعقدان في شدة، فارتبك مغمغمًا:

- إنها ليست إهانة في معتقدات البدو.. أليس كذلك؟
ولكنها انتزعت من حزامها خنجرًا بغتة، وانقضت عليه،
و...
وكانت طعنة نجلاء..

☆ ☆ ☆

عقد (نوعام بنيامين)، قائد جناح المخابرات الإسرائيلية
في (سيناء)، حاجبيه، وهو يراجع كل التقارير، التي
وردت إليه، عن أحداث اليوم والبارحة، ثم نهض، وصبَّ
لنفسه كأسًا من الخمر، وهو يغمغم في عصبية:
- اللعنة!
وتوقف أمام خريطة كبيرة لـ(سيناء)، وفحصها ببصره
أكثر من مرة، ثم واصل وكأنه يتحدَّث إلى شخص آخر :
- ما تفسير كل هذا؟.. هليوكوبتر مصرية تضحي بنفسها،
للإيقاع بأخرى إسرائيلية، ثم نلقي القبض على ملازم
(مصري) في (سيناء)، وبعد استجوابه يخاطر البدو
بمهاجمة سيارة الأسرى لإنقاذه، وبعدها تتم سرقة سيارة
(جيب) تابعة للجيش، وتختفي دورية كاملة في
الصحراء.. مرة أخرى اللعنة.. ماذا يحدث بالضبط؟
ارتشف رشفة من كأسه، وعاد يتطلَّع إلى الخريطة، قبل
أن يقول في حنق:
- هذا الفتي المصري خدعنا.. إنه لم يتفوه حتى بنصف
الحقيقة.
ثم ألقى محتويات الكأس جانبًا، وهو يستطرد:
- فليقطع ذراعي إن لم تكن هناك عملية مصرية كبرى
في الأفق.
واختطف سمَّاعة الهاتف، وقال في توتر:

- صلني بوحدة البحث والمراقبة على الفور.
وانتظر لحظات، حتى سمع صوت محدّثه، على الجانب الآخر، فقال:
- شالوم يا (بن داوود).. أنا (بنيامين).. (نوعام بنيامين).. اسمعني جيدًا.. أريد ثلاث طائرات هليوكوبتر صغيرة، من طائرات المراقبة.. نعم.. إنها عملية بحث.. قطط مصرية تسلَّلت إلى هنا.. بالتأكيد، و أريدها على الفور..
وأنهى المحادثة، وهو يقول لنفسه في صرامة:
- اذهبوا حيثما يحلو لكم الآن أيها المصريون.. سنكون لكم بالمرصاد.
وصب كأسًا أخرى:

☆☆☆

رأى (مأمون) (جوزاء) تستل خنجرها، وتنقضّ عليه في سرعة، فقفز جانبًا في خفة، كما تعلَّم في تدريبات قوات الصاعقة، ودار حول نفسه ليقبض على معصمها، ولكن يده توقفت في الهواء بغتة، وهو يحدّق في خنجرها، الذي انغرس في رأس ثعبان كبير، وهتف:
- ما هذا؟
انتزعت الخنجر من رأس الثعبان، وهي تقول:
- كان يهمّ بغرز أنيابه في عنقك.
هتف:
- إذن فأنت أنقذت حياتي.
رمقته بنظرة جانبية، وهي تقول:
- هل أحنقك هذا؟
قال في دهشة:

- على العكس.. إنني أدين لك بالشكر.. لماذا تصوَّرت أن هذا سيحنقني؟

قالت في ترقّب:

- لأنني فتاة.

قلب كفيه، قائلًا:

- وما الفارق؟!

سألته بسرعة:

- لماذا إذن ترفضون انضمامي إليكم في عمليتكم؟

بهت للسؤال، ثم لم يلبث أن أجاب:

- (عماد) هو القائد المسؤول في هذا الشأن.

سألته في اهتمام عجيب:

- ولكن ما رأيك أنت؟!

صمت لحظات، وهو يتطلّع إليها، ثم همس في حنان:

- أخشى أن تصابي بسوء.

مرة أخرى حدَّقت في وجهه بدهشة..

ولكنها فهمت..

لقد قرأت مشاعره، في نظرته وابتسامته، وتضرج وجهها بحمرة الخجل، وارتبكت وهي تنهض قائلة:

- هيَّا بنا.. سنعود إلى الآخرين.

وأسرعت الخطا، وكأنها تفرّ منه، ولكنه استوقفها قائلًا:

- (جوزاء).. أريد أن..

خفق قلبها في عنف، عندما بتر عبارته، وقالت دون أن تواجهه:

- ماذا تريد؟

صمت لحظات، وهو يبحث عن كلمات مناسبة..

كانت المرة الأولى، التي يقف فيها في مثل هذا الموقف العاطفي، حتى أنه لم يجد ما يقول.

فقط صمت طويلًا..
وهي أيضًا صمتت..
وخفق قلبه في قوة..
وارتجف قلبها في انفعال..
ولثوان، لم يحرّك أيهما ساكنًا، حتى بدوا أشبة بتمثالين من الملح، أو بجزء من الأطلال القديمة المحيطة بهما..
ثم انتزع (مأمون) نفسه من ارتباكه، وقال:
- (جوزاء).. لو كتب لنا العودة من هذه العملية، على قيد الحياة، فهل تقبلين أن...
قبل أن يتمّ عبارته، ارتفع فجأة أزيز الهليوكوبتر في السماء..
هليوكوبتر إسرائيلية، من الطائرات الثلاث، التي خرجت للبحث عنهم..
وكان هذا يعني أن المطاردة قد بدأت..
المطاردة الإسرائيلية.

☆☆☆

الفصل الثاني عشر

الجمعة: التاسع من رمضان ١٣٩٣هـ - الخامس من أكتوبر ١٩٧٣م، الثالثة والنصف بعد الظهر.

☆☆☆

دار (بن داوود) بطائرته الهليوكوبتر الحربية الإسرائيلية دورة كاملة، فوق منزل الشيخ (عوَّاد)، قبل أن يلتقط جهاز الاتصال، ويقول في دهشة مستنكرة:

- المشهد يبدو وكأنه مذبحة كاملة يا (نوعام).. أكثر من خمس عشرة جثة تفترش الرمال، وسط بحيرات من الدم.. ياللشيطان... ما الذي فعله ذلك البدوي بالضبط؟!

أتاه صوت (نوعام ليومى)، رجل المخابرات الإسرائيلي، وهو يقول في توتر:

- هل يمكنك تمييز أزياء القتلى؟.. هل من بينهم جنود يرتدون الزي العسكري المصري؟!

هزَّ (بن داوود) رأسه، وهو يقول:

- لا يمكنني الجزم من هنا يا رجل.. سأهبط لتفقد الأمر جيدًا.

دار مع الطائرتين التابعتين له دورة أخرى، حول منزل الشيخ (عوَّاد)، قبل أن تهبط الطائرات الثلاث إلى جوار المنزل، وغادرها (بن جازان) ورجاله، الذين اتجهوا في حذر إلى المكان، وأداروا عيونهم فيه، قبل أن يهتف أحدهم:

- هؤلاء البدو الأوغاد قتلوا كل رجالنا.. اللعنة عليهم جميعًا.

وعلى الرغم من بركة الدماء، التي تسبح فيها جثث القتلى، والمشهد الذي لا يدع مجالًا للشك في أن الجميع

قد لقوا مصرعهم، فقد رفع الجندي فوهة مدفعه الآلي، وأطلق رصاصاته في غضب على جثث البدو، وهو يصرخ:

- أيها الأوغاد.

مط (بن داوود) شفتيه، دون أن يعترض، وانتظر حتى توقف دوى الرصاصات، وتشوَّهت جثث القتلى تمامًا، ثم رفع يده، قائلًا:

- فتشوا هذا المنزل، وأشعلوا فيه النيران، وألقوا جثث هؤلاء البدو في قلب النيران، واحملوا جثث قتلانا.. هيا.

اندفع الرجال في شراسة إلى المنزل، وراحوا يقلبونه رأسًا على عقب، حتى اكتشفوا كمية من الأسلحة والذخائر، فقال في حدة:

- يبدو أنهم كانوا يعدّون لحرب طويلة.

هزَّ زميله رأسه، وقال:

- لا يمكنك فهم هؤلاء البدو أبدًا.. في لحظة يبدون غاية في الوداعة والاستكانة، وعندما تبدأ في الاطمئنان إليهم، يباغتونك بإطلاق النار على رأسك مباشرة.

قال الأوَّل، وهو يحمل الأسلحة إلى الخارج:

- أفضل ما فيهم هو أنهم لا يطلقون النار على ظهرك قط.

هزَ الثاني كتفيه، وقال:

- وما الفارق؟.. إنك تلقى مصرعك في الحالتين.

جمعوا كل الأسلحة والذخائر، ونقلوها إلى طائراتهم الثلاث، مع جثث قتلاهم، ثم ألقى (بن داوود) نظرة طويلة على المنزل، وراجع عمليات التفتيش، قبل أن يشدّ قامته، ويقول في صرامة:

- أشعلوا النيران في المنزل.

بدأ رجاله في إلقاء جثث البدو داخل المنزل، تمهيدًا لإشعال النيران في كل شيء، في حين راح هو يدور ببصره في المكان، مغمغمًا:

- ولكن المفروض أننا نبحث عن بعض الجنود المصريين.

أجابه معاونه:

- هناك العديد من القتلى، في زي البدو، وربما كان بعضهم من الجنود المصريين، الذين تنكروا في هذا الزي.

مط (بن داوود) شفتيه، وغمغم:

- ربما.

ثم توقف ببصره عند أطلال العب الشرقي، قبل أن يستطرد:

- ولكن لو لم يكونوا كذلك، فلا يوجد سوى مكان واحد، يمكن للجنود المصريين أن يختبئوا فيه منا.

وأشار إلى الأطلال، مستطردًا:

- هناك.

ودون أن يدري، كانت سبابته تشير إلى موقع الصقور.. وبدقة مدهشة..

☆☆☆

لم يكد (مأمون) يلمح الهليوكوبتر الإسرائيلية تعبر الأطلال القديمة، حتى دفع (جوزاء) جانبًا، وهو يهتف:

- اختبئي.

التصقت (جوزاء) بالجدار، وراحت تلهث في انفعال، دون أن تجرؤ على النظر إلى أعلى، وأزيز الهليوكوبتر

يكاد يصم أذنيها، في حين انبطح (مأمون) ارضًا، وكتم أنفاسه تقريبًا، وهو يلتصق بجدار متهدّم قديم..
وعبرت الهليوكوبتر الإسرائيلية الأطلال في سرعة، وتبعتها طائرتان أخريان، لم يحاول ركابها مجرَّد إلقاء نظرة على الأطلال، التي بدت لهم مقفرة للغاية، واتجهت الطائرات الثلاث مباشرة إلى منزل (عواد)، فاعتدل (مأمون) هاتفًا:
- إنهم يبحثون عنا.
قالت متوترة:
- أو أن القتال الذي دار، بين عائلة خالي ورجالهم، قد بلغهم على نحو ما.
قال في انفعال:
- ربما.. تعالي.. لنعود إلى الرفاق.
نطقها وهو يمسك يدها، ويجذبها خلفه في سرعة..
وارتجف جسدها كله..
صحيح أن الموقف كله لم يكن يتناسب مع هذا، ولكن قلبها خفق في عنف، وهي تتطلَّع إلى (مأمون) من الخلف، وتتساءل: هل أحبها حقًا؟..!
ولكن كيف يقع في حبها، في هذا الزمن القصير؟..
راودتها نفسها على أن تسأله، ولكن الحياء والخجل منعاها، ثم لم تلبث مشاعرها أن انقلبت بغتة رأسًا على عقب..
كيف تفكر في أمر كهذا، ولم يمض بعد يوم كامل، على مصرع عائلتها بأكملها؟!
أولاً، مات أبوها، ثم أمها.. أختها.. خالها.. أبناء خالها.. جدتها..
وحتى (كمال) المسكين..

كيف ترتكب مثل هذا الجرم؟
سيطر عليها شعور قاس بالندم وتأنيب الضمير، جعلها تنتزع يدها من راحة (مأمون) في حدة، فالتفت إليها في دهشة، وقال:
- ماذا حدث؟
قبل أن تبحث عن جواب لسؤاله، اندفع (ثابت) نحوهما بغتة، وهو يقول:
- أأنتما بخير؟
تضرَّج وجهها بحمرة الخجل، وكأنما ضبطهما (ثابت) في فعل فاضح، وأشاحت بوجهها في حياء، في حين أجابه (مأمون) في سرعة وانفعال:
- نعم.. نحن بخير.. من الواضح أن الإسرائيليين يبحثون عنا.
قال (ثابت) في توتر:
- ومن الواضح أيضًا أنهم لم يلمحونا، فقد واصلوا سيرهم بنفس السرعة.
ظهر (عماد) في هذه اللحظة أيضًا، وقال:
- أعتقد أن قدومهم إلى هنا أمر محتمل، ومن الضروري أن نعمل على إخفاء السيارة.
أسرعوا جميعًا إلى حيث تركوا السيارة، وقفز (مأمون (إلى مقعد القيادة، وأدار محرّكها، وهو يتجه بها إلى منطقة متهدّمة، تخفيها تقريبًا عن الأنظار، ثم قفز منها، وهو يقول:
- هذا يكفي، لو أنهم سيكتفون باستطلاعات جوية.
بلغت مسامعهم أصوات الطلقات النارية، فانعقد حاجبا (عماد) وهو يتمتم:
- ما الذي يطلقون عليه النار هناك؟

هزَّت (جوزاء) رأسها في حيرة، وغمغمت:

ـ لسـت أدري.. لقد كان الجميع قتلى، عندما غادرنا المكان.

ثم انتابتها نوبة عصبية مباغتة، وهي تصـرخ في وجوههم:

ـ وكان المفروض أن ندفنهم، لا أن نتركهم هكذا، لتنهش ذئاب الصحراء جثثهم.

كانت تفرغ انفعالاتها، وعواطفها، وشـعورها العنيف بتأنيب الضـمـير، في تلك الثورة، التي انتهت بانفجارها باكية، فالتفت (مأمون) إلى (عماد)، وقال في حدة:

ـ إنها على حق.. كـان المفروض أن ندفن الجميع، كما فعلنا مع جثة (كمال)، ولست أدري بعد سـر إصـرارك على تركهم في العراء على هذا النحو.

أجابه (عماد) في صرامة:

ـ لو أنك طرحت عواطفك جانبًا، وحاولت أن تفكر بعقلك فحسب، لأدركت السبب على الفور.

أسـاء (مأمون) فهم العبارة، وخيّل إليه أن (عماد) يلمح إلى عواطفـه تجـاه (جوزاء)، ولم ينتبـه إلى أن تلـك العواطف مازالت وليدة، ولم تتجاوز أعماقه هو، فاندفع نحو (عماد) في حدة، وهو يقول:

ـ ماذا تقصد؟.. هه.. ما الذي تعنيه بقولك هذا؟

وهوى بقبضتـه بغتة على وجـه (عمـاد)، الذي فوجئ باللكمة، فسقط أرضًا وسط الأطلال، وصاح به غاضبًا:

ـ هل جننت أيها الملازم؟

صاح (مأمون) في عصبية:

ـ نعم.. ويمكنك أن تحاكمني عسكريًا عند عودتنا، والآن قم لتواجهني في شجاعة، لو أنك رجل بحق.

قفز (عماد) وأقفًا على قدميه، ولوَّح بقبضتيه، قائلًا:
- فليكن.. هيا أيها الملازم.. أنت تحتاج إلى من يلقنك درسًا.
صاح (ثابت) مستنكرًا:
- ما الذي تفعلانه؟.. هل فقدتما عقليكما؟
ولكن (مأمون) انقض على (عماد) مرة ثانية، وحاول أن يلكمة في معدته، إلا أن (عماد) دار حول نفسه في سرعة، وركله في صدره في قوة، فتراجع في عنف، وصرخت (جوزاء):
- كفى.. كفى.
وفي نفس الوقت، أحاط (ثابت) وسط (مأمون) بذراعيه، وهو يقول:
- لقد أتينا إلى هنا لنقاتل الإسرائيليين، لا لنتقاتل معًا.
أعادت صيحته إليهما صوابهما، فخفض (عماد) قبضتيه، وهو يتمتم في ضيق:
- أنت على حق.
أما (مأمون)، فهتف في عصبية:
- ولكنه يدّعي أن عواطفي خدعتني.. أية عواطف تلك التي يشير إليها؟!
جلس (عماد) على صخرة كبيرة، وهو يقول:
- أنت مصري يا (مأمون)، والمصريون، بل العرب جميعًا، لديهم حساسية خاصة تجاه الموت، وضرورة دفن الموتى، والعدو يعرف عنا هذه الصفة، كما نعرف عنه اهتمامه الشديد بدفن موتاه في الأرض التي عاشوا عليها.. ولقد فكرت في الأمر كقائد ومسؤول عن نجاح هذه العملية، وليس كشخص عاطفي.. لقد قدَّرت أن ترك الجثث دون دفنها، سيوحي للعدو بأنه قتال بين جانبين،

قتل كل منهما الآخر، دون أن يتبقى أحياء لدفن الجثث، وهذا سيوقف مطاردته لنا إلى حد ما، أما لو قمنا بدفنها، فسيعرف العدو على الفور أننا هنا، وسيزداد إصراره على نبش المنطقة للعثور علينا. وهذا يتعارض مع المهمة الرئيسية، التي تنتظر منا (مصر) كلها أن نجازف بأرواحنا وعواطفنا من أجل نجاحها.

سألته (جوزاء):

- لماذا دفنت جثة (كمال) إذن؟

أجابها في حزن:

- لانه جندي مصري، وملامحه لا توحي بأنه بدوى، وسيعلمون حتمًا أنه ليس إسرائيليًا، على الرغم من الزي العسكري الإسرائيلي الذي يرتديه.

ثم رفع عينيه إليهم، مستطردًا في مرارة:

- صدقوني يا رفاق.. أنا أيضًا أشعر وأتألم مثلكم، ولكنني مسؤول عن نجاح (عملية الضوء الأخضر)، ومن واجبي أن أسعى لهذا، حتى لو اضطررت للضغط على أعصابي، وقتل مشاعري كلها.

قالها في تأثر شديد، فلاذوا جميعًا بالصمت، وهمّ (ثابت) بقول شيء ما، عندما ارتفع فجأة أزيز طائرات الهليوكوبتر الإسرائيلية، فهتف (عماد):

- اختبئوا.

كانوا يتوقعون مرور الطائرات فوقهم، ولكنهم فوجئوا بالأزيز يشير إلى هبوط الطائرات بالقرب من الأطلال، وتناهى إلى مسامعهم صوت (بن داوود)، وهو يقول لرجاله:

- فتشوا المكان جيدًا.

هتف (مأمون):

- رباه!.. إنهم يعتزمون تفتيش المكان على أقدامهم.

قال (ثابت) في توتر:

- سيكشفون وجودنا حتمًا، ووجود السيارة.

شعر (عماد) بالكثير من التوتر والمرارة في أعماقه، وتطلَّع في قلق إلى السيارة، التي اختفت إلى حد كبير بين الأطلال، ولكن ليس على نحو يمنع كشف أمرها، مع تفتيش ميداني. وانتابه شيء من الحنق في أعماقه، وهو يتمتم:

- لن يفسدوا خطتنا مرة أخرى.

وقبل أن يدرك أحدهم ما يعنيه، رأوه يقفز فجأة من مكانه، وهو يحمل مدفعه الآلي، ويتجه نحو السيارة، فقال (مأمون) في حدة، على الرغم من انخفاض صوته:

- ماذا سيفعل بالضبط؟

كان (عماد) يدفع السيارة بكتفه، محاولًا إخفاءها أكثر وأكثر، فتمتم (ثابت)، وهو يهم بالذهاب إليه ومعاونته:

- إنه يحتاج إلى مساعدة.

ولكن (جوزاء) أمسكت به في قوة، وهي تقول:

- انتظر.. لقد ظهر بعض الإسرائيليين هناك، وسيرونك لو غادرت مكانك هذا.

تراجع (ثابت) في سرعة، وألقى نظرة قلقة على (عماد)، الذي انتبه إلى مقدم الإسرائيليين، فأسرع يختفي خلف الجدار..

وسيطرت على (ثابت) موجة عارمة من القلق ..

كان يتابع حركة الجنود الإسرائيليين الثلاثة، الذين يفتشون ذلك الجزء من الأطلال، وأدرك على الفور أنهم يتجهون إلى حيث اختفى (عماد) والسيارة مباشرة، وسمع أحدهم يقول لزميليه:

ـ هل تظنـان أنـه من الممكن أن يختفي آدمي، في هذا المكان القذر؟

أجابه أحدهما في حزم:

ـ تذكر ما لقنونـا إياه يا رجل.. العدو يختفى دائمًا حيث لا يمكنك أن تتوقع وجوده.

ضحك الجندي، وقال:

ـ وهل المفروض ألا أتوقع وجوده هنا؟.. تبًا لك يارجل.. إنهـا منطقـة صـــحراويـة جرداء، ولا يوجد بهـا مكـان للاختباء سـوى هذا، ولو أنني في موضـعهم، ما اخترت الاختباء فيه قط.

وفجأة، صـرخ الجندي الثالث، وهو يشـير إلى الجدار، الذي يختبئ عنده (عماد) :

ـ ما هذا بالضبط؟

ثم ارتفعت صــرخـة ألم، أعقبهـا دوي نيران مـدافع الإسرائيليين الثلاثة، الذين أصابت رصاصاتهم الهدف.. وبكل دقة.

الفصل الثالث عشر

الجمعة: التاسع من رمضان ١٣٩٣هـ ـ الخامس من أكتوبر ١٩٧٣م، الخامسة عصرًا.

☆☆☆

نهض، اللواء (عزيز قدري)، المسؤول الأول عن (عملية الضوء الأخضر)، لاستقبال وزير الحربية في مكتبه، وقال في لهجة عسكرية رسمية:

ـ مرحبًا يا سيادة الوزير.. اعذرني لأنني لم أستقبلك رسميًا، كما تقتضي التعليمات، فلم أكن أتوقع هذه الزيارة المفاجئة قط.

صافحه وزير الدفاع، وهو يقول:

ـ دعك من الرسميات أيها اللواء، وأخبرني: كيف تسير العملية؟

اصطحبه اللواء (عزيز) إلى منضدة كبيرة، تحمل خريطة مجسَّمة لمسرح العملية، وقال وهو يشير إلى نقطة بعيدة:

ـ آخر ما لدينا من أخبار يقول: إن الإسرائيليين قد شنوا هجومًا عنيفًا على منزل الشيخ (عوَّاد)، وقتلوه مع كل أبنائه وأمه، ولقد خسرنا أحد الصقور.

عقد الوزير حاجبيه، وسأله في ضيق:

ـ من منهم؟

أجابه اللواء (عزيز):

ـ الجندي (كمال عبد الحليم).. لقد استشهد في هذا القتال، ولكن الباقين نجحوا في الفرار، ومعهم سيارة (جيب)، وهم يختبئون الآن، في انتظار التنفيذ.

قال الوزير، وصوته يحمل توترًا واضحًا:

- ألا يهدّد هذا العملية بالفشل؟
هز اللواء (عزيز) رأسه نفيًا، وقال:
- كلَّا يا سيدي، فلقد وضعنا خطتنا بكل إحكام، وافترضنا فيها أننا سنخسر أحد الأفراد، قبل بدء التنفيذ الفعلي، وهناك خطة بديلة، تحتاج إلى ثلاثة أفراد فحسب، وهي ما سيقوم الرجال بتنفيذها على الفور.
تنهَّد الوزير، وبدا المزيد من التوتر على وجهه، وهو يقول:
- الواقع أنني أشعر بالقلق أيها اللواء، وكثيرًا ما أعاتب نفسي، على أننا أرسلناهم إلى أرض المعركة مبكرًا.
قلب اللواء (عزيز) كفه، وهو يقول:
- لم يكن أمامنا سوى أن نفعل هذا يا سيّدى، فتقارير الأرصاد، وتطورات القمر المستمرة، لم تكن تمنحنا سوى فرصة واحدة للعبور بهم بواسطة الهليوكوبتر، إلى منطقة الإنزال في (سيناء)، وبعدها كانت السماء ستخلو من الغيوم، ويكبر حجم القمر، ويتعذَّر علينا نقلهم إلى مسرح العمليات تمامًا.
تنهَّد الوزير مرة أخرى، وقال:
- قدَّر الله، وما شاء فعل.
ثم رفع عينيه، إلى اللواء (عزيز)، مستطردًا:
- هذه العملية بالغة الأهمية والخطورة أيها اللواء، والرئيس يتابعها شخصيًا.
ارتسمت على شفتي اللواء (عزيز) ابتسامة واثقة، وقال:
- اطمئن يا سيادة الوزير، سيؤدي رجالنا المهمة بإذن الله.. وبكل نجاح.

وعلى الرغم من صوته وابتسامته، اللتين لا تفتقران إلى الثقة، كان هناك قلق رهيب يكاد يعصف بنفسه من الداخل..
قلق بلا حدود..

☆☆☆

انتفض جسد (بن داوود)، عندما تناهى إلى مسامعه دوي الرصاصات، وصاح برجاله:
- أسرعوا لنجدة زملائكم.
اندفع الجميع بأسلحتهم إلى حيث رفاقهم، وتبعهم (بن داوود) في توتر، ولكنه لم يكد يبلغ المكان، حتى هتف:
- ماذا حدث؟
كان اثنان من الجنود يحملان زميلهما الثالث، في حين سالت على الجدار بقعة كبيرة من الدماء، وأجابه أحد الجنديين:
- إنها الثعابين.. ثلاثة أو أربعة منها في آن واحد.. لقد لدغ أحد الثعابين (إفرام)، وشاهدنا ثعبانين آخرين على الجدار، فأطلقنا النار عليهما، وقتلنا ذلك الذي لدغ زميلنا، ولكن الرابع أفلت منا.
وهتف الجندي الثاني:
- إنه يحتاج إلى مصل واق على الفور.
أشار (بن داوود) بيده، هاتفًا:
- احملوه بسرعة إلى الهليوكوبتر.
سأله أحد الرجال، وهو يشير إلى المكان:
- هل نواصل التفتيش؟
صاح به:

- هنا؟؟ إنه وكر للثعابين والعقارب يا رجل.. أي مجنون هذا، الذي يفكر في الاختباء فيه؟!
انطلقوا مسرعين لنجدة زميلهم المصاب، ولم تمض دقيقة واحدة، حتى كانت طائرات الهليوكوبتر الإسرائيلية الثلاث تبتعد، فهتف (مأمون):
- نجونا يا رفاق.
أسرع الثلاثة نحو (عماد)، الذي تنفس الصعداء، وهو يقول:
- حمدًا لله.. تصوَّرت لحظة أنهم لمحوني، وأن رصاصاتهم هذه تنطلق نحوي.
ربَّت (مأمون) على كتفه في حرارة، وهو يقول:
- اطمئن يا رجل.. ما كنا لنسمح لهم أن يمسوك بسوء.
ابتسم (عماد)، وهو يتطلَّع إليه، قائلًا:
- أعلم هذا.. أعلم أنه هناك رجال يحمون ظهري.
التقت عينا كل منهما بعيني الآخر لحظة، ثم تعانقا بغتة، و(مأمون) يقول:
- اغفر لى ما فعلته معك.
ربَّت (عماد) على كتفه في حرارة، وهو يقول:
- لا عتاب بين الأصدقاء.
كان الموقف مؤثرًا، حتى أن الدموع ترقرقت في عيني (جوزاء)، وكادت تفلت من عيني (ثابت)، فقال بسرعة، ليغيّر طبيعة الموقف:
- هل تعتقدون أنهم سيعودون مرة أخرى؟
هزَّ (عماد) رأسه نفيًا، وقال:
- لا.. لست أعتقد هذا.
ثم جلس فوق صخرة قريبة، مستطردًا:
- والآن دعونا نراجع خطة العملية.

سألته (جوزاء):

- أمازلت تصرّ على عدم مشاركتي؟

تطلَّع إليها لحظة، ثم قال مشفقًا:

- (جوزاء).. هذه العملية بالغة الخطورة.

قالت في سرعة:

- أعلم هذا.

التقط نفسًا عميقًا، وقال:

- هل تعلمين ما الذي يمكن أن نواجهه هناك؟.. إننا سنقتحم محطة إنذار مبكر، لا نعلم عنها إلا تركيباتها الخارجية، ولكننا نجهل تمامًا ما الذي يمكن أن يواجهنا داخلها، ومن المحتمل أن نلقي جميعًا مصرعنا هناك.

قالت في إصرار:

- هذا لا يهمني، أنا على أتم استعداد.

أجابها في صرامة:

- ولكنه يهمني أنا.. أنا المسؤول عن نجاح أو فشل العملية.

ترقرقت الدموع في عينيها مرة أخرى، وهي تقول:

- وهل تعتقد أنك تسعى لصالحي، عندما تبقي على حياتي؟.. خطأ يا سيادة النقيب.. لقد خسرت في يومين فحسب عائلتي كلها، وأصبحت وحيدة هنا، في أرض محتلة.. هل تدرك ما الذي يمكن أن تواجهه فتاة وحيدة، في مثل هذه الظروف؟

انفرجت شفتاه، وبدا لحظة وكأنه سيقول شيئًا ما، إلا أنه لم يلبث أن أطبق شفتيه مرة أخرى، ولاذ بالصمت، وهي تتابع في مرارة:

- إنني أحتمي بكم.. ألا تفهمون هذا؟.. لم يعد لي سـواكم، وأنتم تحتـاجون إليَّ، حتى تكتمـل خطتكم.. لقـد فقـدتم (كمال)، وسأحل محلّه.

قال بصوت خافت، فقد الكثير من صرامته:

- هنـاك خطـة بديلـة، تحتـاج إلى ثلاثـة أفراد فحسـب، وسـنعمل على تنفيذها.. سـنلغي دور المراقب الخارجي، ونهبط جميعًا إلى المحطة.

قال (ثابت) بغتة:

- ولماذا لا تنضم (جوزاء) إلينا؟

التفت إليه (عماد) في صـرامـة، ولكنـه تـابع دون أن يتوقف:

- إنها تستطيع انتحال شخصية سكرتيرة عسكرية بالفعل، وفي هذه الحالة لن نحتاج إلى الخطة البديلة، وسـنقوم بتنفيذ الخطة الأصلية.. ستبقى أنت في السيارة، لمراقبة الحراس وطاقم الأمن، في حين أهبط أنا و(مأمون) وهي إلى المحطة.. هذا يبدو لي مثاليًا.

قال (عماد) في حزم:

- ولكنها لا تمتلك الزي أو الأوراق اللازمة.

هتفت (جوزاء):

- من قال هذا.. لقد اسـتخرج لي والدي بطاقة عسـكرية سـليمة باسـم (بولينا ياكوف)، وأنا أخفي زي سـكرتيرة عسكرية في مخبأ سري، في منزلنا.

تطلَّع إليها (مأمون) في دهشة، ثم ضحك قائلًا:

- هل كنت تتوقعين هذا؟

قالت في حماس:

- بل كنت أحلم بحدوثه.

ثم التفتت إلى (عماد)، مستطردة في لهجة أقرب إلى الرجاء:
- والآن ما رأيك؟
قبل أن يفتح شفتيه ليجيب، قال (مأمون):
- أنا أوافق على انضمامها إلينا.
وأضاف (ثابت):
- وأنا أرى أن هذا ضروري.
صمت (عماد) لحظات، وبدت على وجهه دلائل التفكير العميق، ثم تطلَّع إلى (جوزاء)، وقال:
- أعتقد أن أفضل مكان يمكننا أن نقضي فيه ليلتنا، هو منزلكم يا (جوزاء)؟ فلن يفكر الإسرائيليون في العودة إليه مرة أخرى، كما أنك ستحضرين أوراقك وزيك العسكري من هناك.
تهللت أساريرها، وهي تهتف:
- هل يعني هذا أنك قد وافقت؟
وثب نحوها بغتة، ودفعها جانبًا، وهو يقول:
- احترسي.
ثم استل خنجره، وهو يضغط بحذائه الثقيل على عنق ثعبان ضخم، قبل أن يفصل عنقه بضربة سريعة من خنجره، ثم حمله وهو يقول:
- من حسن حظنا أن أتى هذا الثعبان إلينا.
كان الجميع يتطلعون إليه في دهشة، ثم هتفت (جوزاء):
- من حسن حظنا؟!
ارتسمت على شفتيه ابتسامة، وهو يقول:
- إننا لن نقضي اليوم كله بلا غذاء.. أليس كذلك؟

☆☆☆

مالت الشمس المغيب، على أرض (سيناء)، معلنة نهاية يوم آخر من الاحتلال الإسرائيلي، وراقب (نوعام ليومى) احتضارها في بطء، قبل أن يتمتم في شيء من الحنق الممزوج بالغضب:

- إذن فأنتم لم تعثروا عليهم.

ابتسم (بن داوود)، وهو يصب لنفسه كأسًا من الخمر، ورفعها إلي شفتيه ليتذوَّقها، وهو يقول:

- أتمنى لو علمت سر عصبيتك هذه يا (نوعام).. إنها أوَّل مرة تتعامل فيها مع موقف ما، بكل هذه الحساسية!.. ماذا أصابك يا رجل؟

زفر (نوعام) في توتر، وقال:

- الموقف كله لا يروق لي هذه المرة، وأشعر أن المصريين يدبرون أمرًا خطيرًا، يفوق كل عملياتهم السابقة.

ضحك (بن داوود)، وهو يقول:

- تشعر؟!.. آه لو سمعك مدير المخابرات أو وزير الدفاع، وأنت تنطق هذه الكلمة!.. إنك ضابط مخابرات يارجل، ورجال المخابرات لا يتحركون وفقًا لمشاعرهم، بل يتبعون الحقائق المجرَّدة وحدها.. ماذا دهاك؟.. هل تحتاج مني إلى أن أعلمك هذا؟

التفت إليه (نوعام)، وقال في حدة:

- قل لى يا رجل: هل يبدو لك الأمر عاديًا أو مألوفًا؟ هليوكوبتر مصرية خالية، تصطدم عمدًا بواحدة من طائراتنا، وضابط مصري نلقي القبض عليه هنا، ثم يفلت بهجوم انتحاري عجيب، وبعدها يقاتل أحد شيوخ البدو مع أبنائه رجالنا، في سابقة ليس لها مثيل.. ألا يعني هذا أنه هناك خطر ما على الأبواب؟

قال (بن داوود) في سخرية:

- وما الخطر الذي تتوقعه؟.. أن يقتحم المصريون خط (بارليف)؟؟

عقد (نوعام) حاجبيه، وهو يقول:

- أنت تعلم أن هذا مستحيل!.. إنني أفكر في عملية استنزافية أخرى.

هتف (بن داوود):

- اطمئن يارجل.. نحن بعيدون تمامًا عن خطوط حرب الاستنزاف هذه، ثم إن المصريين لا يضريون كثيرًا، والأهم من هذا.. هل توحي لك تقارير المخابرات باحتمال حدوث شيء ما؟

هزَّ (نوعام) رأسه نفيًا، وهو يقول:

- مطلقًا.. إنها كلها ـ على العكس ـ تؤكد أن كل شيء هادئ تمامًا، وأنه من غير المتوقع أن تخطر فكرة الحرب على أذهان المصريين، قبل عشرة أعوام على الأقل.

صبَّ (بن داوود) كأسين من الخمر هذه المرة، وهو يهتف:

- عظيم.. ما الداعي إلى القلق إذن؟

وناول أحد الكأسين إلى (نوعام)، مستطردًا:

- خد يا رجل.. دعنا نحصل على قدر من الراحة، وعلى بعض الخمر الجيد.

التقط (نوعام) الكأس، وهو يقول في شرود:

- ألا ترى أنه من الضروري أن أرسل تقريرًا بكل مخاوفي إلى الرؤساء؟

هتف (بن داوود):

ـ في هذا الوقت بالذات؟!.. ستكون أسخف حركة قمت بها في حياتك كلها يا رجل؛ فلن يروق لهم أبدًا أن تزعجهم في عيد الغفران (كيبور).. هيا يا رجل.. ارتشف كأسك، ودعنا نحلم باحتفالات العيد غدًا.. هيا.

غمغم (جاكوب):

ـ أنت على حق.

ثم جرع كأسه دفعة واحدة..

☆☆☆

الفصل الرابع عشر

السبت: العاشر من رمضان ١٣٩٣هـ ـ السادس من أكتوبر ١٩٧٣م، الخامسة والنصف صباحًا.

☆☆☆

اجتاز رئيس الجمهورية باب مركز قيادة المعركة، مرتديًا زيه العسكري، وحاملًا على كتفيه رتبة القائد الأعلى للقوات المسلحة، ونهض جميع القادة وكبار الضباط لاستقباله، وقد ارتسم الأمل والحماس على وجوههم، فصافحهم الرئيس واحدًا فواحدًا، وسألهم في اهتمام:

ـ هل كل شيء على ما يرام؟

أجابوه في ثقة:

ـ اطمئن يا سيادة الرئيس.

وتبادلوا معه حديثًا قصيرًا، قبل أن يتفرَّقوا، ويحتل كل منهم موقعه، في غرفة العمليات المركزية، وخلع الرئيس غطاء رأسه العسكري، ووضعه أمامه على المائدة، وهو يشعل غليونه، ويسأل وزير الحربية:

ـ كيف الحال في (سوريا)؟

أجابة وزير الحربية في هدوء:

ـ كل شيء يسير وفقًا للخطة يا سيادة الرئيس، وهناك تنسيق تام بيننا وبينهم، وسيتم الهجوم الشامل في موعده بإذن الله.

أومأ الرئيس برأسه متفهمًا، وهو ينفث دخان غليونه، ويغمغم:

ـ عظيم.. عظيم.

ثم سأل في اهتمام شديد:

- وما أخبار (عملية الضوء الأخضر)؟
أجابه الوزير:
- كن مطمئنًا يا سيادة الرئيس.. سينفذ رجالنا مهمتهم، حتى ولو اضطروا لمقاتلة نصف الجيش الإسرائيلي.
أومأ الرئيس مرة أخرى، وقال:
- لقد قرأت تقاريرهم الشخصية، وهم بالفعل من طراز ممتاز، ولكن النتائج ستختلف كثيرًا لو فشلوا.
قال الوزير:
- لن يفشلوا بإذن الله يا سيادة الرئيس.
سأله الرئيس:
- وأين ينبغي أن يكونوا، في هذه اللحظة؟
ألقى الوزير نظرة على ساعته، وقال:
- إنهم لم يبدءوا تحركاتهم بعد، ولكن في تمام الحادية عشرة سيكونون في هذه البقعة بإذن الله.
قالها وهو يشير إلى نقطة محدودة على الخريطة الكبيرة، التي ترسم مسرح العمليات كله..
وبكل ثقة..

☆☆☆

"كل شيء يشبه التدريبات تمامًا يا رفاق "..
نطق النقيب (عماد) هذه العبارة، وهو مستلق على الرمال، فوق تبة تبعد كيلومترًا واحدًا عن المحطة (عاين)، ومنظاره المقرّب فوق عينيه، يدرس به مسرح العمليات، ثم لم يلبث أن ناوله للملازم أوَّل (مأمون)، مستطردًا:
- لقد صنع رجالنا نموذجًا مطابقًا للغاية.

وضع (مأمون) المنظار على عينيه، وتطلّع إلى المحطة، وإلى برج الإرسال المرتفع، والدبابتين، والمباني الثلاثة الصغيرة، وسور الأسلاك الشائكة، وجنود الأمن والحراسة، قبل أن يتمتم:

- نعم.. لقد صنعوه بدقة بالغة، حتى أنني أشعر وكأنني كنت هنا من قبل.

نهض الإثنان في حزم، ونفضا الرمال عن ثيابهما العسكرية الإسرائيلية، ثم ألقى (عماد) نظرة على ساعته، وقال:

- فلنبدأ على بركة الله .

كانت عقارب الساعة تشير إلى الحادية عشرة بالضبط، وكان الجميع يقفون في نفس النقطة، التي أشار إليها الوزير، ولقد احتل كل منهم موقعه داخل السيارة (الجيب)، فجلس (ثابت) خلف عجلة قيادتها، وإلى جواره (مأمون)، وخلفهما (عماد) و(جوزاء)، وتمتم (عماد)، في صوت لم ينجح في إخفاء نبرة الانفعال فيه:

- هيا.

قرأ (ثابت) بعض الآيات القرآنية في أعماقه، وتحرَّكت لها شفتاه، ثم أدار محرّك السيارة، وانطلق متجاوزًا التبة الرملية، في طريقه إلى المحطة.

وران على السيارة صمت تام، لا يقطعه سوى هدير محرّكها الخشن..

وسبح (عماد) مع أفكاره، وهو يتذكر زوجته الشابة، التي لم يمض بعد عام كامل على زواجه منها، والتي تنتظر مولودهما الأوَّل، خلال أسابيع قليلة، وتساءل في نفسه: هل سيمكنه رؤيتها مرة أخرى؟.. وهل من المقدَّر له أن يرى ابنه أو ابنته منها ..

أما (مأمون)، فقد سـبحت أفكاره بعيدًا، وتركَّزت كلها حول (جوزاء).. عندما أسـندوا إليه العملية، لم يكن يفكر كثيرًا في خروجـه منهـا حيًـا، أو عـدم خروجـه على الإطلاق، أما الآن، فهو يتمنى لو نجحت العملية، ونجا هو و(جوزاء)، حتى يتزوَّجها، وينعم بقربها ما بقي لهما من عمر..

(ثابت) وحده كان يفكر في (كمال)..كان يشـعر بالحزن؛ لأن القدر لم يمهله، حتى يشارك في العملية، التي امتلأت نفسه بالحماس من أجلها..

وفجـأة، انتزعهم من أفكـارهم أزيز مخيف، خفقت لـه قلوبهم في صدورهم..

أزير مروحة هليوكوبتر عسكرية إسرائيلية، برزت بغتة من خلف تل قريب، واتجهت نحوهم مباشرة..

وهتفت (جوزاء):

- لقد رأونا.. ماذا نفعل؟!

أجابها (عماد) في حزم:

- لا شـيء.. واصـلوا طريقكم وكأن شـيئًا لم يحدث، ولوِّحوا بايديكم لقائد الطائرة، وارسـموا ابتسـامة كبيرة على وجوهكم، وسـيظن أنكم بعض رفاقه، في الجيش الإسرائيلي.

فعلوا مـا أشـار به (عماد) بالضـبط، ولكن الطيار الإسرائيلي راح يحوم فوقهم في شك، وهو يراجع جدول التحركـات لديـه، ثم لم يلبث أن تبعهم في حذر، وكأنـه يرغب في التيقن من وجهتهم..

وفي توتر، قال (مأمون):

- هذا الوغد يتبعنا في إصرار.

أجابه (عماد) في حسم:

- لا تلتفت إليه.. واصـــل طريقك نحو المحطة يا (ثابت)، ولا تبد أي تردد.
أطاعه (ثابت)، وواصل انطلاقته على نحو يوحي بالثقة، والهليوكويتر تتبعهم عن قرب، حتى بلغوا بوَّابة المحطة، فأشار إليهم أحد الجنديين، اللذين يقفان لحراستها، وتوقف (ثابت) أمامه مباشرة، فألقى الجندي نظرة على الطائرة، ثم أشــار إلى لافتة تجاوره، كتب عليها "شـيتح سجور"، وهي كلمـة عبريـة، تعني أنهـا منطقـة محرَّمـة، فقـال (مأمون) في صرامة، وبلغة عبرية سليمة:
- حملة تفتيش.. وكلمة السر (شالوم).
عقد الجندي حاجبيه، وسأل:
- هل تحملون أمرًا بهذا؟
أشار (مأمون) إلى (ثابت)، وهو يقول :
- أنـا الرائـد (عزرا جـابوفتش).. مراقـب عســـكري، والمفروض أن أقوم بمراجعة وســائل الأمن في المحطة اليوم.. ألم تصلكم الأوامر بعد؟
قالها و(ثابت) يخرج كل الأوراق، التي تركها الشـــيخ (حَمَد)، ويقدَّمها إلى الجندي، الذي راجعها في اهتمام، وهو يغمغم:
- لا.. ليس بعد.
كانت الأوراق تضم الهويات العسكرية للجميع (مأمون)، و(عماد)، و(جوزاء)، و(ثابت)، ولقد أعادها لهم الجندي، وهو يسأل:
- هل الهليوكوبتر تتبعكم؟
أجابه (مأمون) دون تردّد:
- نعم.. ولكنها ســـتنصـــرف فور دخولنا.. إنه نوع من الحراسة والتأمين فحسب.

ولم يكد الجندي يبدأ في فتح البوَّابة، حتى استدار (مأمون) إلى الهليوكوبتر، ولوَّح لقائدها بيده، ثم اعتدل وقال في حزم:

- هيا.

شاهد قائد الهليوكوبتر البوابة تنفتح، والسيارة تعبرها في هدوء، فاستدار في ارتياح، وابتعد ليكمل جولته التفتيشية مطمئنًا..

وكانت ضربة قدرية مزدوجة وغير محسوبة، فوجود الهليوكوبتر طمأن جندي الحراسة، وسماح الجندي لهم بالدخول أراح قائد الهليوكوبتر..

وعندما توقفت السيارة في ساحة المحطة، غمغمت (جوزاء) في انفعال:

- هل رأيتم ما حدث؟.. من الواضح أن الله (سبحانه وتعالى) يؤيدنا في مهمتنا.

غمغم (ثابت):

- الله (سبحانه وتعالى) يؤيد بنصره كل من يقاتلون في سبيل الحق.

أومأ (مأمون) برأسه موافقًا، في حين أدار (عماد) عينيه في المكان بسرعة، وتوقف بصره عند المبنى المستقل، الذي يتكوَّن من طابق واحد، ويحمل لافتة صغيرة كتب عليها: "مشترا تسفنيت" وتعني (الشرطة العسكرية)، وغمغم:

- هناك أربعة من جنود الشرطة العسكرية.

أجابه (مأمون)، وهو يغادر السيارة:

- أضف إلى هذا الجنديين، اللذين يحرسان البوَّابة، وذلك الذي يقف عند المصعد، وطاقمي الدبابتين، يكون

المجموع خمسة عشر رجلًا.. هل يمكنك أن تواجه كل هذا العدد وحدك؟

قال (عماد) في صرامة:

- تحرَّك وفقًا للخطة، ولا تقلق نفسك بشأني.

هزَّ (مأمون) كتفيه، وأشار إلى (ثابت) و(جوزاء)، قائلًا:

- اصحباني.

بقي (عماد) في السيارة، في حين اتجه الثلاثة إلى باب صغير، يتوسَّط المبنيين، عند قاعدة برج المراقبة، وأشار (مأمون) إلى حارسه، قائلًا:

- خذنا إلى قائدك.

وبدأت (جوزاء) تشعر بالتوتر، والمصعد يهبط بهم إلى عمق ستة أمتار تحت سطح الأرض، وتحوَّل توترها هذا إلى عصبية شديدة، عندما فتح باب المصعد في الطابق السفلي، وبدا أمامهم ممر طويل، يبلغ العشرين مترًا تقريبًا، توزعت على جانبية ثمان حجرات مغلقة، وتألقت في سقفه الأضواء على نحو جيد..

وقادهم جندي المصعد إلى الحجرة الأخيرة، التي تحمل لافتة باسم قائد المحطة (بنيامين جولهي)، وطرق بابها في احترام، ثم ولجها في خفة، وغاب داخلها لحظات، ثم خرج يقول:

- سيقابلك القائد على الفور يا سيّدي..

أشار (مأمون) إلى (ثابت) و(جوزاء)، وقال في صرامة عسكرية:

- انتظراني هنا.

ودلف إلى الحجرة في سرعة، وأغلق بابها خلفه..

وداخل الحجرة، نهض قائد المحطة يستقبله، وهو يسأله:

- ترى ما سر هذا التفتيش المفاجئ أيها الرائد.

هزَّ (مأمون) رأسه نفيًا، وقال بابتسامة باهتة:
- الواقع أنه ليس لدي أدنى فكرة يا سـيّدي.. إنني أتلقى الأوامر، وأسعى لتنفيذها فحسب، و...
دق قائد المحطة سـطح مكتبه بغتة في غضـب، وهو يصيح:
- كفى..
توقف (مأمون) على الفور، وتسـاءل في قلق عن سـر غضـب وعصـبية قائد المحطة، ثم لم يلبث قلقه هذا أن تحوَّل إلى توتر شديد، عندما رمقه القائد بنظرة صارمة، وهو يقول:
- كف عن هذه المهاترات السخيفة، وأخبرني بالحقيقة.
ثم ضربه سطح مكتبه بقبضته مرة أخرى، صارخًا:
- أريد الحقيقة.
ازدرد (مأمون) لعابه في صعوبة، وهو يقول:
- أية حقيقة يا سيّدي؟
لوَّح الضابط بذراعه كلها، وهو يقول في حدة:
- حقيقة ما يسـعى إليه هؤلاء الأوغاد، في إدارة التفتيش المركزية.. هل فقدوا ثقتهم بقدرتي على إدارة المكان، أم أنهم يبحثون عن مبرر للإطاحة بي؟!.. إنها المرة الثالثة التي يجرون فيها التفتيش على محطتي هذه.. ألم يجدوا سـوى عيد الغفران، لإتخامي بتفتيش جديد، ليس له ما يبرره؟!
تنفس (مأمون) الصـعداء، وتظاهر بالتعاطف مع قائد المحطة، وهو يهزَ كتفيه، قائلًا:
- أنت تعرف تعنتهم هناك يا سـيّدي.. أنا أيضًـا أكره أن أعمل في عيد (كيبور)، ولكنها الأوامر.

مط القائد شفتيه في غضب صارم، ثم ألقى جسده الضخم على مقعده، ولوَّح بذراعه كلها مرة أخرى، وهو يقول:
- فليكن.. لو أنك تصـــرّ على العمل في يوم العيد، فهذا شـــأنك.. المحطة كلها أمامك.. أد عملك كما يحلو لك، ولكنني لن أغادر مكتبي قط.
حاول (مأمون) أن يمنع الابتسامة من التألق على شفتيه، وهو يقول:
- كما تأمر يا سيّدي.
وأدى التحية العســكرية الإســرائيلية، ثم غادر الحجرة، وقال لزميليه:
- هيا.. سنبدأ عملية التفتيش.
أما قائد المحطة، فقد عقد حاجبيه في غضـــب، وهو يغمغم:
- (نوعام) اللعين.. أراهن أنه خلف هذا.
ثم التقط ســمَّاعة الهاتف الداخلي، وضـــغط اثنين من أزراره، قبل أن يقول:
- أنا (جوهلي) يا (بانيل).. اتصـــل بذلك الوغد (نوعام).. نعم.. (نوعام بنيامين)، وقل له: إنني سأنتقم منه لما فعله، ولو أنه أرســـل فريق تفتيش آخر، في أحد أيام الأعياد، فسأذهب إليه، وأطلق النار على رأسه مباشرة.. انقل إليه الرسالة كما أبلغتك إياها بالضبط.. هل تفهم؟
وأنهى الاتصـال في حدة، وأشـعل سيجارته، وراح ينفث دخانها في غضب..

☆☆☆

ارتفع حاجبا (نوعام بنيامين) في دهشـــة، عندما اســـتقبل الرسالة، وغمغم في حيرة:
- فريق تفتيش آخر؟!.. أي فريق تفتيش هذا؟

عقد حاجبيه في شــدة، في محاولة لتذكر أي شـــيء يتعلَّق بهذا القول، ثم نهض إلى مكتبه، وراجع جداول الأعمال، التي وصلته مؤخرًا، وقال لنفسه:

- ماذا أصاب (جوهلي) المخبول هذا؟!.. أي فريق تفتيش ذلك، الذي يختار يوم العيد بالذات، ليتحمَّل مشـقة التفتيش على محطة في قلب الصحراء؟!

دارت الفكرة كلها في ذهنه، وكان يلقي الحديث كله خلف ظهره، عندما برزت في رأسه بغتة عدة أحداث، بدءًا من الهليوكوبتر المصــرية، التي تحطمت في قلب (ســيناء)، وحتى معركة عائلة (عوَّاد) مع فريق التفتيش، و...

وفجأة، قفز (نوعام) من مكانه، وهو يصرخ:

- المصريون.

ثم انقض على هاتفه، وضغط أزراره في سرعة، وهتف:

- أريد طائرة هليوكوبتر على الفور.. لا يهمني أي طيَّار تحضره لقيادتها.. أحضر الهليوكوبتر وسأقودها بنفسي.. المَهم أن تصــلني في أســرع وقت ممكن، وأرسـل إشــارة عاجلة إلى المحطة (عاين)، وقل لهم:

- إن فريق التفتيش لديهم زائف.. هل تفهم؟.. زائف.

وانتهى الاتصــال في عنف، وقفز يرتدي زيه العسـكري، ثم ألقى نظرة على ساعة يده، وهتف

- كل ما أرجوه هو أن أصل في الوقت المناسب.

كانت عقارب ساعته تشير إلى الثانية عشرة ظهرًا، ولكن المشكلة هي أنه لا يعلم ما هو الوقت المناسب.

لا يعلم أي شيء عنه..

☆☆☆

قالت (جوزاء) في شـــيء من التوتر، وهي تتوقف مع (مأمون) و(ثابت)، أمام حجرة الاتصالات:

- أظن أنه من المفروض أن تنسف هذه الحجرة بالذات.

أجابها (مأمون):

- لو أننا اسـتطعنا الوصـول إلى الكابلات الرئيسـية ونسـفها، لن تكون هناك أية أهمية للمحطة كلها، بما في ذلك حجرة الاتصالات.

تمتم (ثابت):

- السؤال إذن هو: أين الكابلات الرئيسية؟

دفع (مأمون) باب حجرة الاتصالات، وهو يقول:

- دعنا نلق عليهم السؤال مباشرة.

ولم يكد الجنود الأربعة في حجرة الاتصالات يلمحونه، حتى هبوا واقفين، وأدوا التحية العسـكـرية في احترام، فأشار إليهم (مأمون)، قائلا:

- عودوا إلى عملكم.. إنه تفتيش روتيني.

عاد كل منهم إلى عمله، وتظاهر هو بمراجعة التقارير، وهو يقول:

- لقد اضـطررت لتوقيع الجزاءات على بعض زملائكم، في الحجرات الأخرى، وأرجو ألا أضطر إلى هذا هنا.

ازدرد الجنود لعابهم في صعوبة، وغمغم أحدهم:

- إننا نؤدي عملنا يا سيدي.

أشار إليه (مأمون)، وهو يقول في صرامة:

- لماذا لا ترتدي رتبتك؟

ارتبك الجندي، وهو يغمغم:

- معذرة يا سـيدي.. إنه عيد الغفران، ولم تكن نتوقع هذا التفتيش في الواقع، و ...

قاطعه (مأمون) في صرامة:

- ينبغي أن تتوقع التفتيش في أية لحظة يا رجل.
تمتم الجندي منكمشًا:
- بالطبع يا سيّدي.. بالطبع.
مط (مأمون) شفتيه، وكأن هذا لا يرضيه، وأشار إلى الجدران، قائلًا في امتعاص:
- مازال هناك قصور في الإجراءات الأمنية، فوجود الكابلات الرئيسية خلف الجدران، يجعلها معرَّضة لارتفاع درجات الحرارة.
اعتدل جندي آخر، وقال:
- ولكن الكابلات الرئيسية ليست خلف الجدار يا سيّدي.. إنها تمر عبر فتحة التهوية الرئيسية، تحسبًا لهذا بالتحديد.
برقت عينا (مأمون)، وهو يردّد:
- تمر عبر فتحة التهوية الرئيسية؟!.. أتقصد تلك الموجودة في أقصى شمال المحطة؟!
هزَّ الجندي رأسه نفيًا، وقال:
- بل تمر بحجرة القائد مباشرة يا سيدي.
تبادل (ثابت) و(جوزاء) نظرة سريعة، شفت عما يعتمل في أعماق كل منهما من انفعالات، في حين اعتدل (مأمون) في ارتياح واضح، وهو يغمم:
- آه.. هذا صحيح.. كيف نسيت موقعها؟
لم يكد يتم عبارته، حتى أصدر جهاز الاتصال أزيزًا خافتًا، ثم بدأت طابعة الورق في العمل، لتنقل رسالة خاصة إلى القاعدة، وفي حركة غريزية، أدار (ثابت) عينيه إلى الورقة، وقرأ فوقها رسالة تقول:
- "من القيادة العامة إلى المحطة (عاين).. تحذير.. فريق التفتيش الموجود لديكم زائف.. نكرر.. فريق التفتيش زائف"..

ولم ينتظر (ثابت) حتى يقرأ التوقيع على الرسالة، فقد رأى عيني الجندي الذي استقبلها تتسعان في هلع، فهوي على مؤخرة عنقه بغتة بضـربة عنيفة، ثم وثب يركل الثاني في فكه، وهتف الثالث في ذهول:

- ماذا تفعل يا حضرة العريف؟

أما الرابع فقد انتزع مسدسه بسرعة، وهو يهتف:

- خيانة.

ولكن (مأمون) ركل المسدس من يده، ثم هوى علي فكه بلكمة كالقنبلة، جعلته يرتطم بأجهزة اللاسلكي، ثم يسقط أرضًـا، في نفس اللحظة التي انتزعت فيها (جوزاء) مسدسها، وصوَّبته إلى الجندي الأخير، ولكن (مأمون) هتف بها:

- لا تطلقي النار.

ومع آخر حروف كلماته، غاصت قبضة (ثابت) في معدة الجندي، ثم تراجعت وقفزت تحطم فكه، فهوى إلى جوار زملائه، وهتفت (جوزاء):

- لماذا فعلت هذا؟

انتزع (ثابت) الرسالة من الطابعة، ووضـعها أمامها، قائلًا:

- لقد كشفوا أمرنا.

شحب وجهها في شدة، في حين هتف (مأمون):

- رباه!.. هذا يعني أنه من الضـروري أن نتحرك في سرعة.

قال (ثابت):

- لابد من الوصـول إلى حجرة القائد، ومنها إلى ممر التهوية الرئيسـي، حتى يمكننا نسـف الكابلات، وتعطيل عمل المحطة في الوقت المناسب.

انحنى (مأمون) يقيد الجنود الأربعة، وهو يغمغم:
- ينبغي أن نتحرَّك في سرعة .
وسألت (جوزاء) (ثابت):
- لماذا منعتني من إطلاق النار؟
أجابها متوترًا :
- لو انطلقت رصاصة واحدة، سيدرك الجميع هنا أننا نهاجم المحطة، ولن يمكننا الصمود أمام قتال مباشر.. إنهم يفوقوننا عددًا وعدة بكثير.
أومأت برأسها متفهمة، وهي تغمغم:
- كان ينبغي أن أفهم هذا.
انتزع (مأمون) ساعة يده، وهو يقول:
- هيا نعدّ القنبلة الآن، فقد لا نجد الوقت لإعدادها، عندما نصل إلى الكابلات .
حلّ (ثابت) حزام سرواله، وجذب خيطًا في طرفه، فانقسم إلى نصفين، وبرزت من داخله كتلة سميكة، بطول الحزام كله، أشبه بالعجين، ولها لون رمادي داكن، وراح (ثابت) يعجنها في سرعة، حتى أصبحت أشبه بكرة من الطين، وناوله (مأمون) ساعته، وهو يقول:
- اضبط التوقيت على الواحدة بالضبط.
ألقى (ثابت) نظرة على ساعة يده، التي أشارت عقاربها إلي الثانية عشرة والثلث، ثم التقط ساعة (مأمون)، وضبطها على التوقيت المطلوب، ثم غرس طرفي حزامها الصغير في كتلة العجين، وقال:
- المفجّر جاهز للعمل.
تطلَّعت (جوزاء) إلى ما فعلاه في دهشة، وهتفت:
- أهذا هو المفجر؟
أجابها (مأمون):

- بل هي القنبلة نفسها.. متفجرات بلاستيكية، وجهاز تفجير على هيئة ساعة يد.. إنها فكرة بسيطة للغاية، وكل ما تبقى أمامنا هو أن نبلغ حجرة القائد، و...

قبل أن يتمّ عبارته، اقتحم القائد الحجرة بغتة، وهو يهتف:

- هل ستقضون يوم العيد كله في...

لم يكمل عبارته، وهو يحدّق في جنود الاتصالات، الذين قيَّدهم (مأمون) و(ثابت) في إحكام، وفي المتفجرات التي يحملها (ثابت)، فرفع (مأمون) مدفعه في وجهه، وقال في صرامة:

- لا تحمل علامات الدهشة هذه طويلًا.. نعم.. نحن مصريون.

انعقد حاجبا القائد في غضب، وتجاهل المدفع المصوَّب إليه تمامًا، وهو ينتزع مسدسه، صائحًا:

- اللعنة!

ولم يعد أمام (مأمون) اختيار آخر..

لقد ضغط زناد مدفعة الآلى، وأطلق النار، و...

وانفتحت أبواب الجحيم.

☆☆☆

الفصل الخامس عشر

السبت: العاشر من رمضان ١٣٩٣هـ - السادس من أكتوبر ١٩٧٣م، الثانية عشرة والثلث ظهرًا.

☆☆☆

تطلَّع (عماد) إلى ساعته، وأسند مدفعه الآلي إلى المقعد الخلفي في السيارة (الجيب)، ثم وثب منها، وهو يسأل أحد رجال الشرطة العسكرية الأربعة في عبرية سليمة:

- لقد سئمت الانتظار هنا.. ألا يوجد مكان، يمكن للمرء أن يجد فيه شرابًا منعشًا، وسقف يستظل به؟

ابتسم الرجل، وقال:

- يمكننا أن نمنحك كليهما بصفة ودية.

لوَّح (عماد) بذراعيه، وهو يهتف:

- عظيم.

ثم استند إلى إحدى الدبابتين، وتظاهر بعقد رباط حذائه، مستطردًا:

- ثانية واحدة.. سأعقد هذا الرباط اللعين، وألحق بكم على الفور.

وفي خفة مدهشة، ودون أن ينتبه إليه أحدهم، ألصق أسفل جنزير الدبابة قنبلة زمنية موقوتة، ذات قاعدة مغناطيسية، ثم اعتدل، ورسم على وجهه ابتسامة واسعة، وهو يقول:

- والآن.. هيا بنا.

توقف أمام مبنى الشرطة العسكرية، ولاحظ طاقمي الدبابتين، المكون من ثمانية أفراد، أربعة لكل دبابة، يتسامر داخل المبنى، في حين دخل أحد رجال الشرطة

العسكرية، وعاد وهو يحمل علبة من البيرة المثلجة، ناولها لـ (عماد)، وهو يقول:
- لو أردت رأيي يا رجل، فرؤساؤك غاية في السخافة.. من يقوم بعمل تفتيش رسمي كهذا، في يوم العيد؟!
هزَّ (عماد) كتفيه، وتظاهر بأنه يرتشف رشفة من العلبة، وهو يقول:
- ماذا نفعل؟!.. إننا مجرَّد جنود بسطاء.
ضحاك آخر، وقال:
- قل لي يا رجل: ألا تراودك نفسك أحيانًا، على إطلاق النار عليهم؟
أجابه (عماد) في سرعة:
- إنها تراودني على هذا دائمًا.
ضحك رجال الشرطة العسكرية الأربعة، ولوَّح أحدهم بكفه، وهو يقول:
- ومتى ينتهي ذلك الضابط من التفتيش؟.. هل سيقضي النهار كله بالأسفل؟
تمتم (عماد):
- ومن يدري؟
ثم لوَّح بيده، واستطرد:
- ولكنني سأعود إلى السيارة على أية حال، فهو صلب وصارم للغاية، ولو عاد ووجدني أتسامر معكم، سيوقع عليَّ أشد الجزاء.
بدا الأسف على وجوههم، وقال أحدهم:
- قلوبنا معك.
اتجه في تراخ متعمَّد نحو الدبابة الثانية، وألصق ظهره بها، وهو يتظاهر بارتشاف البيرة المثلجة مرة أخرى، ثم أخرج من جيبه القنبلة المغناطيسية الثانية، و...

"ماذا تفعل عندك؟"..
هوت العبارة على أذنه بغتة، فاعتدل بسرعة، وأخفى القنبلة خلف ظهره، وتطلع إلى أحد أفراد طاقم الدبابة، الذي رمقه بنظرة قاسية، وهو يستطرد:
- محظور على أي شخص الاقتراب من الدبابتين.. هل تفهم؟
لوَّح (عماد) بعلبة البيرة، وقال:
- نعم.. أفهم.. معذرة.. لم أنتبه إلى هذا.
وأعاد القنبلة إلى جيبه في سرعة، وهو يعود إلى السيارة (الجيب)، ولم يكد يحتل مقعده فيها، حتى أمسك مدفعة الآلي في قوة، وكأنه يستمد منه بعض الثقة، وأفرغ علبة البيرة تحت قدميه، وهو يلقي نظرة على ساعته، التي أشارت عقاربها إلى الواحدة إلا الثلث، وتساءل في أعماقه:
ترى كيف تسير الأمور مع رفاقه في الأسفل..
ولم يكن من الممكن أن يستنتج الجواب..
لم يكن من الممكن أبدًا..

☆☆☆

اخترقت الرصاصات جسد قائد المحطة الإسرائيلي، وانتزعته من مكانه، ودفعته عبر الممر كله، ليرتطم بباب الحجرة المقابلة في عنف، ويحطمه، ثم يسقط داخلها جثة هامدة..
وقفز جنود الحجرة المقابلة في فزع، والتقطوا أسلحتهم، فصاح (مأمون)، وهو يفتح نيران مدفعه في وجوههم:
- القنبلة يا (ثابت).

لم يكن هناك مجال للمناقشة أو الجدال أو الاعتراض، لذا فقد مرق (ثابت) إلى جواره، وانحرف يمينًا، ليبلغ حجرة القائد في نهاية الممر، في نفس اللحظة التي انفتحت فيها الأبواب كلها، وبرز أكثر من عشرين جنديًا إسرائيليًا، أطلق بعضهم النار نحوه..

وشعر (ثابت) بألم رهيب في فخذه، ومرقت رصاصة على قيد سنتيمتر واحد من أذنه اليسرى، ولكنه لم يتوقف، وإنما اقتحم حجرة القائد، والرصاصات ترتطم ببابها، وقذف جسده النحيل داخلها، في نفس اللحظة التي سمع فيها (مأمون) يهتف به:

- أغلق الباب خلفك، ولا تفكر إلا في نجاح المهمة.. المهمة وحدها يا رجل.. (مصر) كلها أمانة في عنقك.

وأغلق (ثابت) الباب خلفه في إحكام، في حين وثب (مأمون) خارج الحجرة، وراح يطلق النيران على الإسرائيليين في بسالة مذهلة، وهو يصيح بـ (جوزاء):

- ابحثي عن وسيلة للفرار.

ولكنها اندفعت لتقف إلى جواره، بعد أن اختطفت مدفعا اليًا، يخص أحد جنود حجرة الاتصالات، وأطلقت نيرانه نحو الأعداء في سخاء، هاتفة:

- سنبقى معًا، أو نرحل معًا.

وعلى الرغم من دقة وخطورة وحرج الموقف، فهم (مأمون) الرسالة ..

رسالة الحب، الذي أعلنته (جوزاء) في وضوح..

ويبدو أن ذلك الحب قد منحهما قوة رهيبة، يعجز عن استيعابها العقل، فقد وقفا جنبًا إلى جنب، وظهراهما لحجرة القائد، يطلقان النار عبر ممر طويل محدود، على

فرقة كاملة من الإسرائيليين، والرصاصات تتناثر حولهما، دون أن يهتز لهما جفن..

أما (ثابت)، فقد أدار عينيه في الحجرة بسرعة، بحثًا عن الطريق إلى ممر التهوية الرئيسي، وهو يغمغم:

- أين أنت؟!.. أفصح عن نفسك بالله عليك، فالوقت يمضي في سرعة.

ثم رفع عينيه إلى أعلى، وهتف:

- آه.. ها هو ذا.

جذب مقعدًا في سرعة، ووثب فوقه، ثم رفع ذراعيه، يزيح مربعًا كبيرًا من مكانه، ووضع المتفجرات في قميصه، ثم وثب في خفة، اكتسبها مع رقصات الباليه، ليتشبَّث بحاجز المربع، ويدفع جسده إلى أعلى..

كان الآن داخل مقر ضيق، يمتد ثلاثة أمتار إلى الأمام، ثم يلتقي بآخر رأسي، يعلم الله (سبحانه وتعالى) وحده، إلى أين يمتد بالضبط..

وساعده جسده الضئيل النحيل على الزحف عبر الممر الأفقي، ولم يكد يبلغ الممر الرئيسي، حتى رأى الكابلات الرئيسية أمامه، فهتف في حرارة:

- حمدًا لله.

وبسرعة، أخرج المتفجرات من قميصه، وثبَّتها في الكابلات بقوة، وتأكد من أن المؤقت يعمل بكفاءة، قبل أن يلقي نظرة على ساعة يده، التي أشارت عقاربها إلى الواحدة إلا الثلث..

وفي تلك اللحظة بالذات، كانت إحدى الرصاصات قد اخترقت معدة (مأمون)، ولكنه واصل إطلاق النيران في استماتة، وسمع (جوزاء) إلى جواره، تطلق صرخة ألم،

وشاهد الدماء تنبثق من جرح في عنقها، وآخر في كتفها، فصاح بها:

- تماسكى يا (جوزاء).. لقد قضينا على نصفهم على الأقل.

ولكنها أطلقت شهقة مخيفة، واتسعت عيناها في شدة، وأغرقت الدماء صدرها فجأة، وهي تهمس في ألم:

- الوداع يا (مأمون).. الوداع.

رآها تسقط أمامه جثة هامدة، فصرخ بكل غضب الدنيا في أعماقه:

- (جوزاء) .

ثم انتزع قنبلة من حزامه، وألقاها بأقصى قوته، نحو نهاية الممر، صارخًا:

- أيها الأوغاد.

وقبل أن تبلغ القنبلة هدفها، اخترقت الرصاصات صدره وعنقه، فهوى إلى جوار (جوزاء)، ودفع أصابعه في مبادرة أخيرة، ليقبض على أصابعها، و...

ودوى الانفجار..

وانتفض جسد (ثابت) في عنق، مع دوي الانفجار، وهتفت في ارتياع:

- رباه!.. (مأمون) و(جوزاء).

كان في طريقه للعودة، لمؤازرة زميليه، بعد أن وضع القنبلة في موضعها، ولكن هذا الانفجار جعله يتسمَّر في مكانه، ثم لم يلبث أن سمع وقع أقدام، وصوت يهتف:

- إنه هناك.. سيحاول بلوغ الكابلات الرئيسية.

ثم أعقبه دوى رصاصات، اخترقت السقف في مواضع شتى، فتراجع (ثابت) في سرعة إلى الممر الرأسي، وألقى نظرة على نهايته العلوية، فتبين له أنه يرتفع

لمترين، ثم يلتقي به ممر أفقي آخر، فدفع ظهره في جدار النفق الرأسي، وألصق قدميه بالجدار المقابل، وراح يدفع جسده إلى أعلى..

كان هذا يحتاج منه إلى قوة كبيرة، ومرونة لا بأس بها، وخاصة مع إصابة فخذه، وأظفاره المنتزعة في أثناء تعذيبه، ولكنه استنفر كل إرادته وقوته، وراح يصعد في بطء نسبي، وهو يسمع صوت الإسرائيليين أسفله، وهم يحاولون عبور الممر الأفقي، ثم سمع صوت أحدهم تحته مباشرة، يهتف:

ـ ها هو ذا.

ودفع (ثابت) جسده دفعة أخيرة، فوثب داخل الممر الأفقي العلوي، في نفس اللحظة التي أطلق فيها الإسرائيلي رصاص مدفعه الآلي..

ونجا (ثابت) بأعجوبة، في اللحظة الأخيرة، ورأى الممر الثاني يمتد لثلاثة أمتار أخرى، ثم ينتهي بممر رأسي ثان، يتسلل إليه ضوء الصباح، فأدرك أنه يقوده إلى الخارج، وألقى نظرة سريعة على ساعته، ووجد أن عقاربها تشير إلى الواحدة إلا اثنتي عشرة دقيقة، وكان هذا يعني أن (عماد) يشعر بتوتر شديد في الخارج، فهو يعلم أنه من المفروض أن يصعد رفاقه إليه في الواحدة إلا الربع، حتى يمكنهم الانصراف، قبل انفجار القنبلة..

وكان على حق في تصوّره هذا، فقد تطلع (عماد) إلى ساعته في عصبية، وأدار عينيه إلى مدخل المصعد، الذي يقود إلى أسفل، وتمتم متوترًا:

ـ تري ماذا حدث؟! لقد تجاوزوا المواعيد المحدودة.

أمسك مدفعة الآلي في تحفز، وراح ينقل بصره في توتر شديد للغاية، ما بين ساعته والباب..

وفجأة، فتح أحدهم باب المصعد، وشعر (عماد) بشيء من الارتياح، إلا أنه لم يلبث أن توتر في عنف، عندما رأى جندي المصعد يندفع خارجًا، وهو يصرخ:

- خيانة.. خيانة.. إنهم يهاجمون المحطة.

ولم يضع (عماد) ثانية واحدة بعدها ..

ولا حتى جزءًا من الثانية..

لقد رفع مدفعة على الفور، وأطلق نيرانه نحو رجال الشرطة العسكرية الأربعة، الذين أخذتهم المفاجأة، فسقطوا جثثًا هامدة، قبل أن يستوعبوا الموقف تمامًا، ولكن (عماد) لم ينتظر سقوطهم..

لقد وثب ليحتمي بالسيارة، ويتفادى رصاصات جندي الحراسة، ثم أطلق رصاصاته على الجنديين، وصرعهما في الحال، وبعدها استدار يواجه الجندي المتبقي، والجنود الثمانية، الذين يمثلون طاقم الدبابتين.

كانوا يندفعون نحو دبابتيهم، والجندي يقوم بتغطيتهم، ولكن (عماد) قفز من مكانه في جرأة مدهشة، وأطلق النيران كالسيل..

وسقط ثلاثة من طاقمي الدبابتين على الفور، وشعر (عماد) برصاصة تخترق ساقه اليمنى، ولكنه واصل إطلاق النار، وأسقط الجندي، وشخصًا آخر من طاقمي الدبابتين، في حين نجح الباقون في الوصول إلى أماكنهم.. أحدهم في دبابة، والثلاثة الآخرون في الدبابة الثانية..

وتحرَّكت الدبابتان في حزم، وراح مدفعاهما يتجهان نحو (عماد)، فوثب إلى السيارة، وهتف:

- هيا.. دعونا نعبث معًا بعض الوقت.

أدار محرّك السيارة، وانطلق بها في سرعة، في نفس اللحظة التي انطلق فيها أحد المدفعين، وانفجرت قنبلة على مسافة مترين من السيارة، التي وثبت إلى الأمام، وتردَّد صوت ارتطام الشظايا بها على نحو مخيف..

وكان في استطاعة (عماد) أن ينطلق بالسيارة هاربًا، ولكنه كان يخشى أن يفعل هذا، فيتخلى عن رفاقه، إذا ما كانوا قد نجحوا في مهمتهم، وصعدوا إلى أعلى..

وفي ساعته، كانت العقارب تشير إلى الواحدة إلا أربع دقائق فحسب، عندما رأى (ثابت) يقفز خارج فتحة التهوية الرئيسية، ويندفع نحوه، فصاح به:

- أسرع يا رجل.. أسرع.

انفجرت قنبلة أخرى، كادت تقلب السيارة على جانبها، ولكنه سيطر عليها في قوة، حتى وثب (ثابت) داخل السيارة، فسأله:

- أين (مأمون) و(جوزاء)؟

أجابه (ثابت) لاهثًا:

- لقد استشهدا.

صاح به:

- وماذا عن القنبلة؟

أجاب (ثابت):

- ستنفجر في موعدها بإذن الله.

لم يكد (عماد) يسمع هذا الجواب، حتى أدار عجلة القيادة في حدة، وانطلق بالسيارة نحو البوَّابة..

ومن خلفهما دوي انفجاران متعاقبان، ولكن السيارة اخترقت البوَّابة، واندفعت فوق رمال الصحراء، و(عماد) يهتف:

- أأنت واثق من أنك قد أديت المهمة على أكمل وجه؟

تطلَّع (ثابت) إلى ساعته، قبل أن يجيب:
- ثوان وتتأكد من هذا.. لقد أخفيت المتفجرات جيدًا.
كان (عماد) ينطلق بالسيارة بأقصى سرعتها، في اتجاه الغرب، عندما صك مسامعهما صوت انفجار مكتوم، فتنهَّد (ثابت) في ارتياح، وغمغم:
- الآن لم يعد وجود المحطة (عاين) يعني الكثير.
لم يكد يتم عبارته، حتى ظهرت هليوكوبتر حربية إسرائيلية بغتة في السماء، واندفعت نحوهما في شراسة واضحة، فصاح (ثابت) في (عماد):
- أسرع يا رجل.. أسرع.
وعلى الرغم من آلام ساقه اليمنى المصابة، اندفع (عماد) بالسيارة فوق رمال (سيناء)، وصاح (نوعام بنيامين)، الذي يقود الهليوكوبتر بنفسه:
- اللعنة!.. من الواضح أنني قد وصلت بعد فوات الأوان، ولكن هذين المصريين لن ينجحا في الفرار مني قط.
وضغط زر المدفع الآلي، فانهمرت الرصاصات على السيارة كالمطر، وهتف (عماد):
- هذا الوغد يمكنه اصطيادنا بكل سهولة.
اختطف (ثابت) المدفع الآلي، وهو يهتف:
- دعنا نجعل الأمر أكثر صعوبة بالنسبة له.
وأطلق رصاصاته نحو الهليوكوبتر في غزارة، ولكن (نوعام) انخفض بها في سرعة، متجاوزًا الرصاصات، وهو يقول ساخرًا:
- حاول أيها المصري.. حاول.. ولكنك لن تهزم ضابط مخابرات إسرائيلي قط.
ثم أطلق رصاصات مدفع الهليوكوبتر مرة أخرى..

وفي هـذه المرة، أطلق (عمـاد) صـرخـة ألم عنيفـة، وانحرفت السيارة في حدة، فصاح (ثابت):

- احترس يا رجل.

ولكن السـيارة ارتطمت بالرمال، وانقلبت رأسًـا على عقب، وأثارت حولها عاصـفة عنيفة، أخفتها عن أنظار (جـاكوب)، الـذي اقترب بـالهليوكوبتر، وانخفض بهـا، قائلًا:

- من الواضح أنني أصـبتهما، وعندما تنقشـع الرمال، سأرى بنفسي أنني..

وبتر عبارته، عندما برز (ثابت) بغتة من وسط عاصفة الرمال، والدماء تسـيل من جرح في جبهته، واندفع نحو الهليوكوبتر، ثم ألقي نحوها شيئًا ما..

ولم ينتبه (نو عام) إلى طبيعة ذلك الشـيء، حتى سقط إلى جوار مقعده، فاتسعت عيناه، وصرخ:

- قنبلة.

وبحركة غريزية، جذب ذراع القيـادة نحوه، فـارتفعت الهليوكوبتر في حدة، و...

ودوي انفجارها عنيفًا..

وقبـل أن يتلاشـى دوى الانفجار، اندفع (ثابت) نحو السيارة، وانتزع من أسفلها جسد (عماد)، وهو يقول:

- تماسك يا صديقي.. سأبذل ما بوسعي لإنقاذلك.

كانت الدماء تغرق وجه (عماد) وصدره، وتتناثر من بين شفتيه الشاحبتين، وهو يشير بيده مغمغمًا بصوت مختنق:

- اتجه إلى الغرب مباشرة.. سيلتقطونك من هناك.

قال (ثابت) في دهشة:

- الغرب؟!.. هذا يقودني مباشرة إلى خط (بارليف).

تمتم (عماد).

ـ أعلم هذا.

ثم أطلق شـهقة مكتومة، تفجَّرت بعدها الدماء من فمه، قبل أن يسلم الروح..

واغرورقت عينا (ثابت) بالدموع، وهو يدفن جثة آخر زملائه، ثم حمل المدفع الآلي، وبدأ تحركه نحو الغرب..

ثم كان ذلك الانفجار..

انفجار عنيف، على مسافة عشرة أمتار خلفه، جعله يندفع إلى الأمام، ويسقط على وجهه، فوق رمال (سيناء)..

وعندما اسـتدار، ليلقي نظرة خلفه، كاد قلبه يتوقف من شدة المفاجأة..

لقد فقدت إحدى الدبابتين جنزير ها، عندما انفجرت فيه القنبلة المغناطيسـية، التي وضـعها (عماد)، ولكن الثانية خرجت تسعى للثأر..

وها هي ذي تندفع نحو (ثابت)، عبر صحراء (سيناء)..

وقفز (ثابت) واقفًا على قدميه، وانطلق يعدو فوق الرمال، ولكن قنبلة أخرى انفجرت خلفه، على مسافة سـتة أمتار فحسـب، فألقته إلى الأمام في عنف، وسـقط على وجهه مرة ثانية..

وفي صعوبة، وعلى الرغم من الآلام والشظايا الصغيرة، التي تملأ ظهره وذراعيه، نهض (ثابت)، وعاد يعدو..

وفي هذه المرة تبعته الدبابة فحسـب، دون أن تطلق عليه نيرانها، وكأنها تدخر ذخيرتها للحظة المناسبة..

لحظة القضاء عليه نهائيًا..

ولم يدر (ثابت) كم استغرقت هذه المطاردة بالضبط..

لقد بدا له الأمر كدهر كامل، وهو يسـير فوق الرمال المحرقة، والشـمس تلهب جراحه، وجسـده كله مغطى بالدماء..

ولكنه أخيرًا لم يعد يحتمل..

لقد تهاوت قدماه، وسقط جسده كله أرضًا..

وهنا تقدَّمت الدبابة الإسرائيلية، ورآها تتوقف على مدى يصلح لتحريك مدفعها، الذي انخفض في بطء، حتى أصبح مصوبًا إليه مباشرة..

ولهث (ثابت) من فرط التعب والانفعال والتوتر، وقد أدرك أن الإسرائيليين قرروا نسفه بقنبلة مباشرة، فأغلق عينيه، وتمتم:

ـ أشهد أن لا إله إلا الله، وأن محمدًا رسول الله.

لم يكد ينطقها حتى علا صوت هدير عنيف يصك الآذان في السماء، ثم دوى انفجار عنيف، شعر به (ثابت) على قيد أمتار منه. ففتح عينيه في دهشـــة، وإذا بالدبابة الإسرائيلية محطمة، ومدفعها محترق أرضًا، بعد أن تم قصفها من سرب المقاتلات المصرية الذي كان يعبر فوق رأسة مباشرة..

كانت عقارب ساعته تشير إلى تمام الثانية بعد الظهر، من يوم السادس من أكتوبر، عام ١٩٧٣، وانتفضت كل قطرة دم في عروقه، في فخر وسعادة وحماس، ففي تلك اللحظـة بالـذات، وعلى طـول (قناة السـويس)، كـانت المقاتلات المصـرية تعبر ذلك الخط، الـذي وقف في مواجهتها لست سنوات كاملة..

خط (بارليف)..

وخط الهزيمة..

لحظتها فقط ارتسمت ابتسامة كبيرة على شفتي (ثابت)، وترك جسده يسترخي على رمال (سيناء)، وقد أدرك أن العملية قد انتهت بنجاح تام..

(عملية الضوء الأخضر) .

***

الفصل السادس عشر

الثلاثاء: التاسع عشر من فبراير ١٩٧٤م، الثانية بعد الظهر..

☆☆☆

"الملازم ثان (ثابت الحلوجي).. وسام الشجاعة من الدرجة الأولى"

نطق المذيع الداخلي لقاعة مجلس الشعب الرئيسية العبارة، في حضور كل من رئيس الجمهورية ووزير الحربية ولفيف من الوزراء وأعضاء مجلس الشعب المصري، حيث اكتظت القاعة بالحضور الغفير والتهبت أيديهم بالتصفيق الحار عند ذكر اسم الملازم ثان (ثابت) ومنحه الوسام.

ومن بين الجموع تحرك (ثابت) مقتربًا من المنصة وفي يده عكازًا يستند عليه، رغم أن معظم إصاباته الظاهرية كانت قد تماثلت للشفاء.

اقترب (ثابت) من الرئيس ثم ترك العكاز وأدى التحية العسكرية، فابتسم الرئيس وهو يضع الوسام على صدره وهمس في أذنه قائلاً:

- استرح يا (ثابت) فقد كفيت ووفيت.

ابتسم (ثابت) وسلم على الرئيس ووزير الحربية وكبار الوزراء ثم اتجه إلى المنصة المخصصة لتصريحات الأبطال المكرمين.

وقف (ثابت) أمام الميكروفون، ثم تنحنح وقال بصوت متحشرج يخرج بصعوبة:

- أشكرك يا سيادة الرئيس، أشكركم جميعًا.. ولا يسعني إلا أن أنعي رفاق المهمة المستحيلة الذي استشهدوا أثناء

تنفيذها.. أولئك الذين ضحوا بحياتهم عن طيب خاطر في سبيل الوطن وعزته وكرامته وحريته.. أعلم أنهم حصلوا على أوسمة الشجاعة من الدرجة الأولى حيث استلمها عنهم أقاربهم. أعلم أن الوطن يرد الجميل لهم في رعاية عائلاتهم وذويهم ..

ولكن من يسعه الكلام عنهم غيري؟ لقد ضرب (كمال) و(عماد) و(مأمون) المثل في الشجاعة والتفاني والتضحية في سبيل الوطن. ولا ينقصهم إلا أن نذكرهم، ونحكي حكايتهم لأبنائنا وأحفادنا..

وقف الحضور جميعًا في هيبة حدادًا على الأرواح الثلاث، فأخذ (ثابت) نفسًا عميقًا، ثم قال في أسى:

- ولكن الجندي المجهول في هذه العملية كان هو البدوية (جوزاء) التي انضمت إلى فريق (عملية الضوء الأخضر) بعد استشهاد الجندي (كمال) رحمه الله. وبعد أن استشهد جميع أفراد عائلتها في مناوشات ما قبل العملية. تلك البدوية الجسورة التي استشهدت مع (مأمون) وهما يغطيان ظهري، حتى تثنى لي تلغيم تلك الأسلاك. وكما تعلمون، فقد استطاعا بمفردهما أن يقضيا على ما يزيد عن ثمانية وعشرين جندي إسرائيلي قبل أن يتمكن منهم الأعداء. وأما ما أحزنني واعتصر قلبي، أننا لم نعثر لها على صورة واحدة حتى نضعها في سجل الشهداء، كما لم يحضر أحد أقاربها لاستلام وسامها لأنهم استشهدوا جميعًا قبل أن تستشهد هي بيوم واحد. لقد كانت (جوزاء) كالملاك حتى أنني أحيانًا ما أعتقد أنها لم تكن حقيقية، فسلامًا إلى روحك يا (جوزاء)..

وقف الحضور من هيبة الموقف، والتهبت الأيدي بالتصفيق الحار، ودمعت الأعين..

★★★